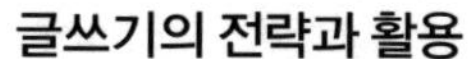

글쓰기의 전략과 활용

채륜
CHAE RYUN

글쓰기의 전략과 활용

간호배 지음

서 문

현대는 지식과 정보의 생산이 중시되는 사회이다. 다양한 매체들이 등장하면서 지식과 정보의 생산 방식이 새롭게 변하고 있으며 이러한 상황에서도 글쓰기는 여전히 지식과 정보를 생산하는 가장 중요한 수단이 되고 있다.

최근 신입사원들의 국어 실력이 턱없이 부족해 입사시험에 쓰기와 말하기 표현능력을 포함시켜야 한다는 목소리가 높아지고 있다. 외국에서는 대기업들이 승진과 연봉협상 등에 글쓰기 표현능력을 반영하고 있다.

사회생활을 하면서 명확하고 간결하게 자신의 생각을 표현하는 것이 얼마나 중요한지는 재론할 여지가 없다. 따라서 대학생에게 있어서의 글쓰기는 자신의 삶을 성찰하고 사회와 올바른 관계를 맺는 데에 매우 중요한 역할을 한다. 개인이 자신은 물론 사회적으로 가치 있는 삶을 살아가는 데 반드시 필요하다는 점이, 글쓰기가 교양과 관련하여 강조되고 있는 이유이다.

언어는 그 나라 문화를 대표한다. 문화적 고급화만이 아니라, 생산성 향상을 위해서도 우리글과 말에 대한 새로운 인식이 필요하다.

차 례

Lesson | **1**

글쓰기의 기초

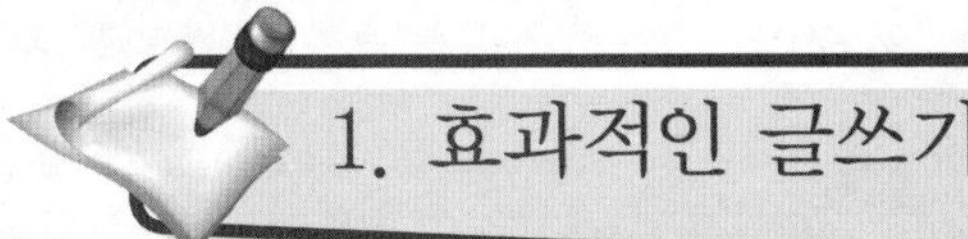

1. 효과적인 글쓰기

글쓰기는 한 인간이 자신의 삶을 성찰하고 내면세계를 표현하는 데에 중요한 역할을 한다.

글은 우선 자신의 생활철학이나 세계관을 충분히 표현할 수 있지만, 반드시 개성을 지니고 있어야 한다. 이 개성이라는 것은 글에서 나타나는 나만의 색채나 맛이라고 할 수 있다. 그렇기 때문에 작가의 생각에 따라 혹은 생각을 표현하는 방법과 기술에 따라 훌륭한 글이 될 수도 있고 반대로 평범한 글이 될 수도 있다.

그러나 어떤 글을 쓰든지 글을 쓰는 사람은 글을 쓰기 전에 복잡한 생각을 정리하고 여러 각도에서 표현과 조직력 있는 구상을 하게 된다. 또한 같은 상황이나 사물일지라도 작가의 예리한 판단력과 관찰에 의하여 표현이 달라지기 때문에 글쓴이 자신의 사상과 감정을 통일시켜야 좋은 글을 쓸 수 있다.

'글은 곧 마음의 거울'이라는 말이 있다. 글쓰기는 자신의 진실성과 인격을 드러내는 일이기 때문에 자신만의 것을 솔직하게 표현해야 한다. 많은 사람들이 생각하는 상투적인 생각이나 평범한 문체로 글을 쓴다는 것은 곧 생명력이 없는 잡문이나 잡설이 되기 쉽다. 그렇기 때문에 글 쓰는 이는 존엄성과 가치를 탐구해야 된다. 또한 자신의 사상이나 감정이 잘 정리되어 있고 아무리 독창적이며 개성적인 글이라 할지라도 어휘에 대한 식견이 없다면 우선 표현의 도구를 상실한 결과가 된다. 그렇기 때문에 어휘의 빈곤에서 벗어나기 위해서는 많은 작품들을 읽고 식견을 쌓아 문장 표현의 소질을 계발하고 연마해야 한다. 그러기 위해서 가장 중요한 것은 체험이다. 진정한 자기 체험이 없는 글은 생명이 없는 글이라 할 수 있다.

삶이 없이, 삶의 체험 없이는 어떤 글도 다 속이 빈 쭉정이가 된다. 그런데 옛날엔 어째서 삼다법만으로 좋은 글을 썼나? 그 때는 사람들이 오늘날처럼 삶을 잃어버리지 않았다. 글을 쓰는 사람들은 대체로 책만 읽고 글만 썼다고 하더라도 삶과 아주 따로 떨어져서 살지는 않았다. 오늘날처럼 이러한 꽉 닫힌 도시의 건물 속에서 살지는 않았던 것이다. 더구나 자라난 과정 – 아기 때부터 소년 시절을 겪는 동안을 생각하면 모든 사람들이 자연과 사회 속에서 그 자신의 삶을 온몸으로 살면서 자라났다고 할 수 있다. 그래서 글을 쓰는 수련도 책을 많이 읽고, 많이 쓰고, 많이 생각해서 고치면 다 되었던 것이다. 보는 것이 죄다 삶이요 겪은 것이 죄다 삶이었기 때문이다.

그런데 오늘날은 어떤가? 이 세상에 태어나서 부모한테 모국어를 배워야 할 그 아기 시절부터 삶을 빼앗겨 버렸다. 텔레비전을 들여다보고, 유아원과 유치원에 다니고, 무슨 지능을 개발한다는 온갖 학원에 다닌다. 학교에 들어가고부터는 밤낮 교과서만 읽고 쓰고 외우고 시험치고 하다가 어른이 된다. 그 어른이 되고 나서도 책과 글 속에서 산다. 더구나 글쓰기를 직업으로 삼으려는 사람은 말할 것도 없다. 이와 같이 삶을 잃어버린 사람이 글을 쓸 때 어떤 글이 나오겠는가? 아무리 재능이 뛰어났다고 하는 사람이라도 그 머리 속에서 나오는 글은 그가 읽은 책 속의 글을 모방한 것밖에는 나올 수가 없다. 개성이 있는 글, 삶이 있는 글은 절대로 쓸 수가 없다.

오늘날 글을 쓰는 사람에게 가장 필요한 것은 삶이다. 잃어버린 삶을 도로 찾아가지는 일이다. 삶을 찾아 가지려고 하는 노력이 그 어떤 노력보다도 앞서야 하고, 그 노력을 바탕으로 해서 책도 읽고 글도 쓰고, 쓴 글을 다듬기도 해야 비로소 제대로 글이 씌어질 것이다.

삶을 찾아 가진다는 것은 어떻게 한다는 말인가? 아주 쉽게 말해서 방안에서 책만 들여다보고 문학이 어떠니 인생이 어떠니 하지 말고, 밖에 나가 좀 땀을 흘려 일을 하라는 것이다. 농사일이든, 하다못해 장사라도 좋다. 보통 사람들이 누구나 다 하고 있는 일, 밥을 먹고 살아가기 위해 반드시 해야 할 일을 몸으로 해야만 글 한 줄을 쓰더라도 살아있는 말이 나오고 살아있는 이야기가 씌어진다. 그런 삶이 없이 글을 써서는 아무리 많이 쓰고 많이 읽고 많이 고쳐도 좋은 글이 안 될 뿐 아니라, 세상을 어지럽히는 글만 나올 것이다.

-이오덕, 『우리 문장 쓰기』중에서

위의 글에서 주장하는 바와 같이 글이란 체험에서 우러나와야 진정성을 획득할 수 있다. 체험이나 경험하지 않은 이야기는 글에 진실이 담겨 있지 않기 때문에 독자로 하여금 공감을 불러 오지 못한다.

다음은 글쓰기를 전쟁의 수사학에 빗대고 있는 연암의 「소단적치인」이다.

글을 잘하는 자는 병법을 아는 것일까? 글자는 비유컨대 병사이고, 뜻은 비유하면 장수이다. 제목이라는 것은 적국이고, 전장典掌 고사故事는 싸움터의 진지이다. 글자를 묶어 구절이 되고, 구절을 엮어 문장을 이루는 것은 부대의 대오隊伍행진과 같다. 운韻으로 소리를 내고, 사詞로 표현을 빛나게 하는 것은 군대의 나팔이나 북, 깃발과 같다. 조응이라는 것은 봉화이고, 비유라는 것은 유격의 기병이다. 억양반복이라는 것은 끝까지 싸워 남김없이 죽이는 것이고, 제목을 깨뜨리고 나서 다시 묶어주는 것은 성벽을 먼저 기어올라가 적을 사로잡는 것이다. 함축을 귀하게 여긴다는 것은 반백의 늙은이를 사로잡지 않는 것이고, 여음이 있다는 것은 군대를 떨쳐 개선하는 것이다.

대저 장평의 군사가 그 용감하고 비겁함이 지난날과 다름이 없고, 활·창·방패·짧은 창의 예리하고 둔함이 전날과 변함이 없건만, 염파廉頗가 거느리면 제압하여 이기기에 족하였고, 조괄이 대신하자 스스로를 파묻기에 충분하였다. 그런 까닭에 병법을 잘하는 자는 버릴 만한 병졸이 없고, 글을 잘 짓는 자는 가릴 만한 글자가 없는 것이다. 진실로 그 장수를 얻는다면 호미·곰방메·가시랑이·창자루로도 모두 굳세고 사나운 군대가 될 수 있고, 천을 찢어 장대에 매달아도 정채가 문득 새롭다. 진실로 그 이치를 얻는다면 집안사람의 일상 이야기도 오히려 학관에 나란히 할 수 있고, 어린아이들의 노래나 마을의 상말도 또한 이아爾雅에 넣을 수 있다. 그런 까닭에 글이 좋지 않은 것은 글자의 잘못이 아니다. 저 글자나 구절의 우아하고 속됨을 평하고, 편篇과 장章의 높고 낮음을 논하는 자는 모두 합하여 변하는 기미合變之機와 제압하여 이기는 저울질制勝之權을 알지 못하는 자이다. 비유컨대 용감하지도 않은 장수가 마음에 정한 계책도 없이 갑작스레 제목에 임하고 보니, 아마득하기 굳센 성과 같은지라, 눈앞의 붓과 먹은 산 위의 풀과 나무에 먼저 기가 꺾여버리고, 가슴 속에 외웠던 것들은 벌써 사막 가운데 원숭이와 학이 되고 마는 것과 같다.

그런 까닭에 글을 잘하는 자는 그 근심이 항상 혼자서 갈 길을 잃고 헤매거나, 요령을 얻지 못하는 데 있다. 대저 갈 길이 분명치 않으면 한 글자도 내려쓰기 어려울 뿐 아니라, 항상 더디고 껄끄러운 것이 병통이 되고, 요령을 얻지 못하면 두루 헤아림을 비록 꼼꼼히 하더라도 오히려 그 성글고 새는 것을 근심하게 된다. 비유하자면 음릉陰陵에서 길을 잃자 명마인 추도 나아가지 않고, 굳센 수레로 겹겹이 에워싸도 여섯 마리 노새가 끄는 수레는 이미 달아나 버린 것과 같다. 진실로 능히 말이 간단하더라도 요령만 잡게 되면 마치 눈 오는 밤에 채蔡 성을 침입하는 것과 같고, 토막말이라도 핵심을 놓치지 않는다면 세 번 북을 울리고서 관關을 빼앗는 것과 같게 된다. 글을 하는 도가 이와 같다면 지극하다 할 것이다.

-박지원, 「소단적치인騷壇赤幟引」 (번역 : 정민)

문단에 해당하는 '소단'과 붉은 깃발이란 뜻의 '적치'는 대장군의 상징이다. 그리고 글자는 '병사', 뜻은 '장수', 제목은 '적국'으로 '전장과 고사'는 싸움터의 진지로 비유하여 쓴 글이다. 이는 연암이 글을 쓰는데 마음 다짐이 어떠했는지를 알려주는 자료이다.

1) 독창성

글의 성공 여부는 독창성에 달려있다. 같은 소재나 같은 주제의 글일지라도 새로운 시각으로 자신만의 문체로 표현하는 것이 중요하다. 리포트나 평론 등 비평적 글쓰기를 할 때에는 남들과는 다른 새로운 시각으로 분석하거나 나만의 새로운 주장을 해야 한다. 그러나 문학적 글쓰기에 있어서는 같은 주제라 할지라도 자신만의 독특한 체험이나 정신세계, 또는 자신의 사상적 내면세계를 나타내야 한다.

(1)

안개 밀려와 길을 잃었다

꿈쩍 않고 소나무 밑

바위 위에서 한나절을 버틴다

버티면서, 나를 버티게 하는 이 힘이

내 안에서 우러난 것인가, 내 밖에서 떠미는 것인가

아니면 나와 관계없는 무서운 힘이 스스로

힘 속에 있는 힘들을 북돋우는 것인가

생각하면서 정신은 더욱 완강해진다

멀리서 보면 두터운 장막 같은

안개 속에 있으면 온몸이 젖는다

이슬 품은 바람, 물에 젖은 시간

젖은 숨소리가 휙 휙 밀려다니는 속에

온몸이 물먹은 스펀지처럼

흠씬 젖기를 기다리면서

물에 퉁퉁 불은 고집 센 정신으로

안개 속으로 들이미는 힘과

안개 밖으로 밀쳐내는 힘의

팽팽한 설렘을 섹스처럼 즐기면서

바위 위에 앉은 나는

힘의 팽팽함 속에서 더욱 완강해진다

이 바위나 저 소나무도

지금 나처럼 고집 센 힘으로

스스로를 버티며 세월을 견뎌낸 것일까

물먹은 시간과 이슬 젖은 바람의

완강한 힘 속에서 자신을 껴안으면서

만물은 안개와 함께 깊이 어두워진다

안개 걷히기까지, 캄캄해진 산 속에서

제 안에 지닌 어두움의 힘으로

바위를 바위답게 하는 거친 숨소리에

깊은 산 바위 위에서 몸을 떨었다

　　　　　　　　　　　　　　　　　－조창환, 「안개」 전문

(2)

고향으로 가는 길은 안개가 길을 막았다

어디서 멈추어야 할지 가늠하기 힘든

그러나 걱정하지 않기로 한다

고향은 몸이 알아서 길을 낼 터이지

마음만 앞세운다고 되는 일은 아니다

안개 탓이리라 가을 산들은 붉다못해 검다

한낮에도 안개의 입자들은 폐부 깊숙이 파고들었다

골수에도 안개가 끼었으리라

양지바른 곳에 계시는 어머님은 편안해 보였다

알고 계실까 내 흘러온 길 한치 앞을 분간할 수 없는

안개의 입자들이 걸음을 막막하게 했다는 것을

재회의 기쁨도 잠시 혼자 돌아갈 나만의 길을

어머니는 염려하고 계셨다

봄부터 선산의 밤나무들을 홀로 가꾸었을 어머닌

서둘러 아이들에게 줄 알밤을 주워라 하셨지만

갈 길 멀고 시간 없다는 걸 핑계삼아

빈 손으로 산을 내려오는 나를 나무랄 때도 되었지만

그래도 등뒤에서 여전히 웃고만 계시는 어머니

말간 해 사라지고 바람에 안개 쓸려갈 법도 한데

어둠이 길가에 서성댈 때까지 안개는 그대로다

내 생애 안개 걷힌 날 얼마나 있었다고

오늘 하루 분의 안개를 탓하랴

고향은 그리움만으로 가는 게 아니라

때가 되면 지친 몸 알아서 가는 곳이니

어떤 힘으로도 말릴 수 없다는 것을 안다

제 아무리 짙은 안개가 길을 막아선다 해도

태초의 내 어머니 거기 계시므로

-김인자, 「안개」 전문

(3)

얼마나 사랑을 했으면 온몸의

핏기가 다 빠져나갔을까, 그날 밤

창백한 창문으로 스며든 예리한 달빛 조각들이

뽀얗게 드러난 가슴을

마구 난자하던

그밤, 그 어떤 뜨거운 피가

도심의 치정처럼 뒤엉킨 하수관을 따라

흘러갔다 깜박 졸던 가로등

유난히 붉은

제 발등을 내려다보며 진저리치고

달리던 차들이 이유 없이 사거리에서

덜컥덜컥 멈춰서던 밤이었다

이윽고 넓은 강물에 닿은

낮은 비명 소리를 밤물결이 찰랑,

낚아채 숨기고 흐를 때 아직 뜨거운 살이

각 떠지듯 타일 바닥 위에 발려 뒹굴고

서서히 식어가는 체온 속으로

온 생애의 오르가슴은 치달아올라 한순간

그 절정에서 감쪽같이 사라진 몸

"아무 생각없이 했어요, 너무 사랑했어요"

가령, 피 묻은 칼 톱 망치 도끼

흩어진 달빛 조각들 곁에

어디로도, 부치지 못한 겹겹의 소포 한 묶음   ―이덕규, 「사랑」 전문

(4)

그는 남쪽에 있다

남쪽 창을 열어놓고 있으면

그가 보인다

햇빛으로 꽉 찬 그가 보인다

나는 젖혀진다

남쪽으로 남쪽으로 젖혀진 내 목에서

붉은 꽃들이 피어난다

붉은 꽃들은 피어나면서 사방으로 퍼진다

그의 힘이다

그는 남쪽에 있다

그에게로 가는 수많은 작은 길들이

내 몸으로 들어온다

몸에 난 길을 닦는 건 사랑이다

붉은 꽃들이 그 길을 덮는다

새와 바람과 짐승들이 그 위를 지나다닌다

시작과 끝은 어디에도 없다

그는 남쪽에 있다

-김상미, 「사랑」 전문

(1), (2)는 안개를 주제로 한 시고, (3), (4)는 사랑을 주제로 한 시이다. 각각 같은 제재를 가지고 시를 쓰고 있지만, 이를 통해 바라보는 세상은 각각 다르다. 이렇듯 자신만의 세계를 표현하는 것이 독창성이다.

2) 진실성

글은 글쓴이의 내면을 반영한다. 자신의 생각이나 주장을 솔직하게 표현함으로써 진실성을 획득할 수 있다. 글에 진실성이 없으면 독자가 감동과 울림을 받을 수 없다. 진실성 역시 진정한 체험에서 나온다.

(1)

五里만 더 걸으면 복사꽃 필 것 같은

좁다란 오솔길 있고,

한 五里만 더 가면 술누룩 박꽃처럼 피던

좁이 박힌 성황당나무 등걸이 보인다

그 곳에서 다시 五里,

봄이 거기 서 있을 것이다

五里만 가면 반달처럼 다사로운

무덤이 하나 있고 햇살에 겨운 종다리도

두메 위에 앉았고

五里만 가면

五里만 더 가면

어머니,

찔레꽃처럼 하얗게 서 계실 것이다

—우대식, 「五里」 전문

(2)

그대는 내 새하얀 털을 좋아하나 나는 내 발톱의 본능을 좋아한다

그대는 내 둥근 눈을 믿으나 나는 내 수염의 직감을 믿는다

그대는 내 아양을 즐기나 나는 내 고독한 천성을 즐긴다

그대는 나를 소파와 침대에 두나 내 마음은 난간과 지붕에 끌린다

그대는 나를 따스한 품속에 가두나 내 심장은 미친 종처럼 울린다

사랑은 실로 참혹한 끈이다 나를 사랑한다, 하지 마라

—이윤훈, 「나를 사랑한다, 하지 마라」 전문

(1)의 시는 어머니에 대한 그리움을 '五里'라고 하는 정서적 거리를 통해 이끌어내고 있으며, 그 공간에는 시인의 간절함이 팽팽한 긴장감을 거

느리면서 독자로 하여금 그 공간 속으로 들어오게 만들고 있다.

(2)는 인간의 외면과 내면의 갈등으로 인한 존재의 본성을 찾고자 하는 시인의 고민이 느껴지는 시이다. '새하얀 털', '둥근 눈', '아양', '따스한 품속' 등은 인간의 외면적 모습을 나타내고 있고, '발톱의 본능', '직감', '고독한 천성', '심장' 등은 인간의 내면 심리를 표현하고 있다. 따라서 인간의 순수한 본능에 대한 열망이 나타나 있다.

3) 풍부한 상상력

문학적 글쓰기는 풍부한 상상력을 통하여 다양한 세계를 보여줘야 한다. 깊이 있고 기발한 상상력은 독자에게 새로운 세계에 대한 흥미와 정신 세계를 확대시켜 줄 수 있다. 바슐라르는 상상력을 창조의 원동력이자 존재생성의 근원으로 보았다. 그리고 그 상상력은 인간이 접촉하는 4가지 근원적 물질인 물, 불, 공기, 땅이라는 물질의 본질과 관련되어 생성된다고 보았다.

(1)

늦은 저녁때 오는 눈발은 말집 호롱불 밑에 붐비다

늦은 저녁때 오는 눈발은 조랑말 발굽 밑에 붐비다

늦은 저녁때 오는 눈발은 여물 써는 소리에 붐비다

늦은 저녁때 오는 눈발은 변두리 빈터만 다니며 붐비다

-박용래, 「저녁눈」 전문

(2)

은어떼들이 튀어오른다

투명한 향기

장미가 쏟아지는 정원

흰 대리석의 柱廊

백포도주 한 잔

여인의 흰 숨결에 맺힌 물방울

마주르카 섬의 日光

금지된 마술의 탄식   -조창환, 「쇼팽」 전문

(1)의 시 「저녁눈」은 눈 내리는 저녁에 상상하면서 쓴 시이다. 늦은 저녁 어둠과 함께 내리는 눈은 수없이 많은 이미지를 떠올리게 한다. ‘말집 호롱불 밑’, ‘조랑말 발굽 밑’, ‘여물 써는 소리’, ‘변두리 빈 터’를 웅성거리며 바쁘게 누비고 다니는 눈발을 한 편의 그림처럼 묘사하고 있다.

(2)의 시 「쇼팽」은 쇼팽의 곡을 들으면서 느끼는 심상을 표현한 시이다. ‘쇼팽’의 선율이 ‘은어떼들이 튀어’오르는 모습으로, ‘장미가 쏟아지는 정원’으로, ‘금지된 미술의 탄식’으로 묘사되고 있다. 그리고 선율에서 느껴지는 감흥을 ‘투명한 향기’, ‘백포도주 한 잔’, ‘여인의 숨결에 맺힌 물방울’, ‘마주르카 섬의 日光’ 등으로 새로운 환상의 세계를 만들어 내고 있다.

2. 올바른 어법과 문장

1) 맞춤법과 표준어

❶ 다음 문장에서 띄어쓰기가 잘못된 부분을 고쳐 보자.

① 무엇 보다 우선 학생은 공부를 해야 한다.

② 국문학 공부를 보다 재미있게 하고 싶다.

③ 외출시에는 반드시 연락을 주십시오.

④ 나라가 발전하는데 기여했으면 좋을 텐데.

⑤ 국가는 발전하는데 국민의식은 그대로다.

❷ 각각의 단어를 선택해서 문장을 만들어 보자.

① '웬'과 '왠'

② '웃옷'과 '윗옷'

③ '장이'와 '쟁이'

④ '맞히다'와 '맞추다'

⑤ '되'와 '돼'

⑥ '오'와 '요'

⑦ '던'과 '든'

❸ 문장 호응이 잘못된 부분을 고쳐 보자.

① 무엇보다 중요한 것은 학생은 열심히 공부를 해야 한다.

② 사람들은 흔히 말하기를 인생은 60부터이다.

③ 반드시 이번에는 장학금을 못 받을 테니 기대하지 마라.

④ 농사꾼은 모름지기 농사에 전념하는 것이 마땅하다.

⑤ 자음을 표기하는 기본자는 발음기관을 상형하였고, 'ㅋ'은 'ㄱ'에 획을 더하여 만들었다.

⑥ 예쁜 모자와 옷을 입고 외출하였다.

⑦ 이 책은 청소년들의 교양과 탈선을 방지하기 위해 발간하였다.

④ 다음 단어 중 표준어 규정에 맞지 않는 것을 찾아 바르게 고쳐 보자.

꼭둑각시, 시귀, 허드래, 미루나무, 개발새발, 천정, 꺼림직하다, 끄나불, 떨어트리다, 또아리, 욕심장이, 모자르다, 미장이, 부시시하다, 서울내기, 숫소, 아지랑이, 오뚝이, 웃몸, 웃돈, 으레, 으스대다

⑤ 다음 문장에서 어문규정에 맞지 않는 것을 찾아 바르게 고쳐 보자.

① 계시판에 붙여진 글 중에는 어법에 맞지 않은 글들이 많다.

② 네가 공부를 하던지 말던지 나는 상관하지 않겠다.

③ 이것은 내가 어제 먹든 빵이다.

④ 이 옷은 10년 전에 엄마가 입든 옷인데, 네가 입던지 말던지 네 맘대로 해라.

⑤ 그는 일찌기 큰 뜻을 품고 있었다.

⑥ 우리 학교는 이 쪽이예요.

⑦ 컴퓨터는 현대인들에게 꼭 필요한 생활용품으로서 유용하다.

⑧ 아뭏든 학생은 학문에 전념해야 합니다.

⑨ 이것은 사과오, 저것은 배오, 또 저것은 감이다.

⑩ 이렇게 번번히 신세를 져서 미안합니다.

⑪ 일이 생각대로 잘 않 되었습니다. 일이 이렇게 되서 정말 죄송합니다.

⑫ 조금만 기다려. 금방 갈게.

⑬ 주유는 직접 해 주십시요.

⑭ 이게 웬 떡이냐 싶어서 남이 볼세라 얼른 줏었다.

⑮ 하늘을 날으는 비행기를 조종해 보는 것이 나의 오랜 바램이었다.

6 다음 중 사이시옷이 잘못 쓰인 것을 바르게 고쳐 보자.

① 장마비가 일주일 동안 내리고 있다.

② 찻잔 좀 가져오너라.

③ 하교길에 병원에 다녀오너라.

④ 돗수가 맞지 않는 안경

⑤ 킷값을 좀 해라.

⑥ 촛점이 없는 눈동자

⑦ 셋방살이

⑧ 성적이 좋으면 취업하는데 잇점이 있다.

⑨ 댓가를 치르다.

⑩ 오늘은 제삿날이다.

⑪ 여기는 횟집이 많구나!

⑫ 나뭇꾼이 빈 지게로 산을 내려왔다.

⑬ 댓구법을 잘 활용하면, 좋은 문장을 쓸 수 있다.

❼ 다음 문장에서 띄어쓰기를 완성해 보자.

① 철수는 졸업한지 일 년이 넘도록 취직을 못했다.

② 지금으로 부터 약 십년후에는 공중전화가 사라질 것이다.

③ 여기 까지는 내 땅이다.

④ 아는만큼만 답안지에 써라.

⑤ 열심히 공부했으니 장학금을 탈수 도 있겠다.

⑥ 그럴수밖에 없었던 내 마음을 이해해라.

⑦ 몸이 아파서 안갔을뿐이다.

⑧ 일이 아직 안끝나서 퇴근할수없다.

⑨ 이 가방은 내 것 이고 저 옷은 네 것 이다.

⑩ 대부분의 사람들은 속마음을 말하는데익숙하지않다.

⑪ 이곳에서는 답답해서 더이상 못견딜것같다.

⑫ 정말 형만한 아우가 없을까?

❽ 다음 문장에서 적절하지 못한 단어를 찾아 바르게 고쳐 보자.

① 우리 학교는 비록 학생 수는 작지만 대학 진학률은 상위권에 속한다.

② 이 옷과 저 옷은 많이 틀리다.

③ 선생은 학생을 잘 가르켜야 한다.

④ 나는 어제 지갑을 잊어버렸다.

⑤ 영희는 하늘을 가르키며 눈이 온다고 좋아하였다.

9 잘못된 어법이나 단어는 올바른 어법이나 단어로 고쳐 보자.

① 할아버지 건강하십시오.

② 부모님을 뫼시고 오너라.

③ 우리 은행을 찾아주신 고객 여러분 좋은 하루 되세요.

④ 어제 시장님께서 좋은 말씀이 계셨습니다.

⑤ 네 여자친구는 앳띠어 보인다.

⑥ 김 선생의 생떼같은 아들이 교통사고로 죽었다는 구료.

⑦ 초등학교에 다니는 아들이 게임기를 사달라고 얼마나 생때를 쓰던
지……

⑧ 오늘 급한 볼일이 있어서 무단행단을 하다가 곤혹을 치렀다.

⑨ 화장실에 휴지가 없어서 곤욕스러웠다.

⑩ 햇볕에 검게 그슬렸구나.

⑪ 촛불에 눈썹을 그을렸다.

⑫ 지난해 뀌어준 돈 받으러 왔다.

⑬ 허접쓰레기 같은 인간이로구나.

⑭ 영수네 아버지께서 뇌졸증으로 병원에 입원하셨대.

⑮ 매일 빈둥빈둥 대던 그 애가 일등 할 택이 없다.

⑯ 그는 옷걸이가 좋다.

⑰ 이 음료수는 피로 회복에 좋다.

Lesson | **2**

실용적 글쓰기

1. 이력서와 자기소개서

1) 이력서

이력서는 크게 인적사항, 학력사항, 경력사항, 자격사항 및 상훈 등으로 구성된다.

일정한 틀에 얽매이지 않고 기본적인 사항을 지켜가면서 자신의 장점을 최대한 살려 정확하게 기록하면 된다. 인터넷을 이용한 지원이 일반화된 최근에는 정해진 틀에 의해 웹상에서 이력서를 작성하는 경우도 늘고 있다.

이력서에는 독창성보다는 정확성이 더 중요하다. 일정한 문서 양식에 맞는 사항들을 정확하게 빠짐없이 기입하면 된다. 그러나 최근 각 기업의 인성 중시 경향이 확산되고 있으므로 자신의 이력을 성실하게 작성하고 특히 자격·특기·과외 사항을 자세히 기입하는 것이 유리하다.

(1) 인적사항은 성명, 주민등록 번호, 생년월일, 주소, 호적 관계, 호주와의 관계, 호주 성명, 이메일 주소, 전화번호 등이다. 본적이나 현주소는 통·반까지 정확히 기재하며 비록 인적사항이 사실과 다르더라도 주민등록 등·초본에 기재된 내용과 동일하게 적어야 한다. 특히 유의할 것은 '호주와의 관계'란으로 호주와의 관계는 호주 쪽에서 본 관계를 말하는 것이므로, 예를 들어 子, 女, 孫, 長男, 三女 등으로 기재해야 한다.

(2) 학력 및 경력사항은 이력서 내용 중 가장 중요한 부분으로 학력은 고등학교 때부터 적는 것이 일반적이며, 남자는 학교 재학 중에 군 복무를 했다면 군 복무사항을 학력 사이의 해당 기간에 넣는 것도 유의해야 한다. 경력은 대기업 인턴사원이나 지원 분야와 관련된 분야에서의 근무사항은 빠짐없이 기입해야 한다. 그러나 단기간의 아르바이트나 학원 강사 경력은 생략하는 것이 일반적이다.

(3) 자격사항에서는 각종 자격증, 면허증 발급사항 등을 기재하는 것으로 국가가 공인한 자격증만을 적어야 하며, 반드시 취득일과 발령 기관명이 뒤따라야 한다. 상훈사항은 교내외 행사나 대회에서 수상한 사실을 기록하며 외국어와 관련된 수상 경력은 빠짐없이 언급하는 것이 좋다.

이력서를 작성할 때는 특히 다음과 같은 점에 유의하도록 한다.

첫째, 일반적으로는 컴퓨터로 작성하지만 자필로 글씨를 직접 쓸 경우 깨끗하고 정확하게 써야 한다. 자필을 요구하는 경우는 일반적으로 필체를 보기 위한 것이기 때문에 반드시 자신이 직접 써야 한다.

둘째, 자세하게 기록하면서도 간단명료하게 써야 한다.

셋째, 성실한 자세로 정확한 내용만을 써야 한다. 검증할 수 없는 경력이나 자격사항은 기입하지 말아야 한다.

넷째, 지원 분야와 관련된 내용을 중심으로 산만하지 않게 깔끔하게 작성해야 한다. 지원 분야와 관련 없는 분야에 대한 경력이나 자격증은 지원자가 지원 분야에 관심이 없다는 것을 반증하기 때문이다.

<table>
<tr><td rowspan="4">사

진</td><td colspan="4" align="center">이　력　서</td></tr>
<tr><td rowspan="2">성　명</td><td></td><td>주민등록번호</td></tr>
<tr><td></td><td></td></tr>
<tr><td colspan="3">생년월일　서기 1980년 10월 10일생 (만28세)</td></tr>
<tr><td colspan="2">주　소</td><td colspan="3"></td></tr>
<tr><td colspan="2">호 적 관 계</td><td>호주와의 관계</td><td></td><td>호주 성명</td></tr>
</table>

년	월	일	학 력 및 경 력 사 항	발 령 청
1997	2	14	○○고등학교 졸업	
1997	3	2	○○대학교 ○○학부 ○○학과 입학	
1999	1	2	군입대 휴학	
2001	3	2	복학	
2003	2	20	○○대학교 ○○학부 ○○학과 졸업	
			자 격 사 항	
1999	7	19	1종 보통 운전면허 취득	서 울 시
2001	8	20	정보처리기능사 1급 자격증 취득	대한상공회의소
2003	5		한자능력검정시험2급 자격 취득	한국어문회
			상　훈	
2004	6		전국대학생영어웅변대회 은상 수상	교육인적자원부
			위 내용은 사실과 틀림 없음.	
			2008년 8월 15일	
			홍 길 동 (인)	

다섯째, 사진은 최근 3개월 이전에 찍은 것으로 해야 한다.

여섯째, 이력서 상단에 반드시 응시 부문과 연락처를 명시해야 한다.

2) 자기소개서

일반적으로 신입사원을 선발하는 경우 서류 전형을 거치게 된다. 대부분 제출서류로 이력서·졸업증명서·성적증명서와 함께 자기소개서를 요구하고 있다. 1차적인 평가 자료로써 이력서가 개개인을 객관적으로 이해할 수 있는 기초 자료라면, 자기소개서는 한 개인을 보다 깊게 이해할 수 있는 구체적인 자료로 활용된다. 그러므로 서류 전형을 통해 인력을 채용하는 기업에 있어서 자기소개서는 합격 여부의 결정 과정에서 중요한 역할을 하게 된다.

자기소개서는 기업에 따라 일정한 양식을 지정해주기도 하지만 그렇지 않을 경우, 일반적으로 가정환경, 성장과정, 성격, 가치관, 특기 등의 기본적인 틀을 살려가면서 나름대로 솔직하고 개성 있게 작성하는 것이 좋다. 아울러 인사 담당자가 가장 궁금해 하는 것은 최근의 모습이기 때문에 되도록 대학생활 이후를 많이 언급하는 것이 좋으며 입사 지원 동기를 자신의 전공 또는 희망과 연관시켜 구체적으로 밝혀 준다. 특히 자기소개서는 지원하는 기업에 대한 상세한 조사를 하고 그 기업에서 어떠한 인재를 원하는지 파악해야 한다. 따라서 그 기업의 성격에 따라 자기소개서는 달라 질 수 있다.

자기소개서 쓸 때 유의할 점은 다음과 같다.

첫째, 자기 개성을 살려서 독특하게 써야 한다. 일반적인 자기소개서는 인사 담당자의 시선을 사로잡지 못한다. 따라서 자신의 생활철학을 서두에 내세운다든지, 시점을 달리해서 쓴다든지, 현재 고민하고 있는 화두를 던져 놓고 글을 시작한다면 개성적인 자기소개서가 될 것이다. 그렇다고 지나치게 튀어서도 역효과를 낼 수 있다.

둘째, 자신의 장단점이나 특기사항을 최대한 드러내야 한다. 장점은 자신이 지원하는 기업에서 요구하는 장점을 최대한 살려야 하고 단점은 그 기업의 업무능력과 무관한 단점을 밝혀야 한다. 시상 경력이나 자격증, 영어시험 점수 등은 정확한 점수와 급수를 밝혀야 글을 읽는 사람에게 신뢰를 줄 수 있다.

셋째, 구체적이면서도 간단명료하게 써야 한다. 글이 산만하고 장황하면 쉽게 지루해져서 끝까지 읽기가 어렵다. 자신이 하고자 하는 말을 구체적인 예를 들어 설명하고 간단명료하게 끝맺음을 해야 한다.

넷째, 자기소개서 안의 모든 내용은 반드시 사실에 바탕을 두고 써야 하며 진솔한 내용이어야 한다. 취업에 대한 갈망이 큰 만큼 자칫 자신을 과장하고 허위로 포장하는 경우가 있는데, 입사 후에도 허위가 밝혀질 경우 합격이 취소된다. 그리고 글은 그 사람의 내면을 반영하기 때문에, 과장이나 허위로 쓰인 글은 믿음을 줄 수 없다.

다섯째, 지원 회사와 관련된 내용을 중심으로 기술해야 한다. 지원 회사에서 어떤 인재를 필요로 하는지, 무엇을 요구하는지를 사전에 철저히

작성자 :

사　　진	자 기 소 개 서	
	성 명 :	
	휴대폰 :	
	E-mail :	
1. 성장과정		
2. 장·단점 및 특기		
3. 지원 동기		
4. 장래 희망 및 포부		

200 년　월　일

작성자 : ○ ○ ○

조사한 후 작성한다. 아무리 뛰어난 특기를 가졌다 하더라도 지원 분야와 아무 상관없는 경우 과감하게 삭제한다. 지원 분야와 상관없는 능력은 상대적으로 지원 분야에는 관심이 없는 것처럼 보일 수 있기 때문이다.

여섯째, 지나친 외국어 사용은 자제해야 한다. 외래어인 경우 어쩔 수 없이 사용하게 되지만 외국어를 필요 이상 사용하게 되면 거부감을 불러올 수 있다.

예문) 지원 분야 : 통역관

1. 성장과정

저는 어렸을 때부터 영어듣기와 말하기에 관심이 많이 있었습니다. 중학교 때 영어말하기 경시대회에서 우수상을 받은 것을 계기로 영어에 관심을 갖게 되었고 수능시험 때에는 80점 만점에 78점을 받았습니다. 그래서 ○○대학교 국제학부에서 영어영문을 전공하고 있습니다. 대학교를 다니면서 영어뿐만 아니라, 일본어에도 관심을 갖게 되어 JPT 1급 자격증을 취득하였습니다. 대학교 2학년을 마치고 미국 어학연수 과정을 거치면서 많은 사람들과의 만남을 통해 저의 시야를 더 높일 수 있었습니다.

저의 신조는 '오늘 쉬면 내일은 달려야 한다' 입니다. 저는 앞으로도 저의 비전을 향해 달릴 것이고 노력할 것입니다.

2. 장·단점 및 특기

저는 미국 어학연수를 다녀온 덕분인지 외국인들과 자신 있게 대화할 수 있습니다. 몇 년 전만 해도 외국인들을 보면 피하기 바빴으나 이제는 외국인들을 만나면 함께 얘기하고 싶고 어떤 자리에 서든지 자신감이 생겼습니다. 그래서 중학교 이후 끊임없이 영어 공부에 많은 시간을 보내다 보니 컴퓨터는 남들보다 잘 하지 못합니다. 컴퓨터 관련 자격증은 없지만, 1년 전 토익 말하기 테스트에서 최상의 등급을 받았고 토익 성적은 920점을 받았습니다. 요즘은 컴퓨터에도 관심을 가지려고 학원도 다니며 노력하고 있습니다. 그리고 집을 나서기 전에 한 번씩 거울을 보면서 사람을 대할 때 상대방에게 편한 인상을 주기 위해서 노력하고 있습니다.

3. 지원 동기

다른 분야에는 특별히 내세울 만한 재능이 없지만 어렸을 때부터 외국어에 관심이 많았던 터라 외국어 공부를 할 때나 외국인들과 대화를 할 때 가장 행복합니다. 제가 즐거운 마음으로 일할 수 있는 곳이라는 생각에 통역관의 길을 선택한 것입니다. 즐거운 마음으로 일을 한다면 어떠한 난관도 쉽게 극복할 수 있을 것입니다.

통역관은 외국인들과 대화할 때 의사소통을 원활하게 해주는 사람으로서, 통역관에 따라 의사전달에 많은 차이가 있습니다. 저는 외국인들과 대화하고 그 대화내용을 지인들에게 전달했을 때, 자부심과 보람을 느낍니다. 이제는 제 개인적인 생활공간에서 벗어나 좀 더 넓은 공간에서 의미 있는 일을 하고 싶습니다. 국제적으로 크고 작은 일에 매개자가 되어서 서로 간에 자유롭게 의사소통 할 수 있도록 이 사회에 꼭 필요한 사람이 되고 싶습니다.

4. 장래 희망 및 포부

저는 중학교 때부터 통역관이 되기 위해 많은 노력을 했습니다. 그 결과 JPT 일본어 자격증을 획득했고 토익 말하기 능력 시험에서 우수한 성적을 거뒀습니다. 저의 통역관이 되기 위한 바람은 지금까지 한 번도 변한 적이 없습니다.

통역관이 되면 제3세계로 나가 봉사활동을 함께 할 수 있는 일을 하고 싶습니다. 다른 사람들에게 도움을 줄 수 있고, 그 안에서 제 꿈을 찾아간다면 더 바랄 것이 없습니다.

저의 통역이 단지 의사소통의 도구가 된다면 그건 제가 원하는 삶이 아닙니다. 통역으로 인한 '소통'이 서로 간에 닫힌 마음을 열게 하고 어려운 사람들에게 힘이 될 수 있을 때 비로소 제 꿈은 실현되는 것입니다.

-학생의 글-

2. 독서 감상문

독서 감상문은 책을 읽고 난 후의 느낌을 구체적으로 쓴 글이다.

대부분 감상문을 쓸 때, 줄거리 위주로 쓰는 경우가 많은데 줄거리를 쓸 때에는 간단하게 중요한 부분만 써야 한다. 그리고 그 작품이 어떤 점에서 좋은지, 무엇이 어려운지 등을 자유롭게 써야 한다.

예문)

우리는 항상 무언가에 쫓기며 살고 있는 것 같다. 아무 것도 하고 있지 않으면 금세 불안해진다.

나도 지난해 봄을 할 일 없이 빈둥대며 보냈다. 학생 신분으로 공부는 하지 않고, 나름대로 휴식기를 갖기로 하고 가끔씩 뮤지컬, 영화, 전시회 등도 보며 시간을 보냈다. 가장 자유롭고 행복했을 것 같은 시간들이 지금 생각해 보면 고통의 연속이었다. 무언가 해야 할 것을 하지 않고 있다는 강박관념, 미래에 대한 불안감으로 잠을 이룰 수가 없었다. 이 무언가에 대한 '두려움'은 인간의 본능으로 삶 자체가 함께 안고 가는 것인지도 모른다는 생각을 처음으로 하게 되었다. 그때 〈좀머 씨 이야기〉를 만났다.

한 어린 소년의 눈에 비친 좀머 아저씨는 밀폐공포증 환자로서 기이하게 보일 수밖에 없다. 그러나 생에 대한 두려움은 결국 죽음에 대한 공포에서 나온 것이라는 것을 인지하고 있는 나로서는 좀머 아저씨가 "그러니 나를 좀 제발 그냥 놔두시오"라고 온몸으로 토해내는 신음 같은 절규를 이해할 수 있었다. 죽음에 대한 공포에서 벗어나는 길은 순간 순간 살아있음을 확인하는 길밖에 없다. 좀머 씨에게 있어서 멈춰있다는 것은 곧 죽음을 뜻하기 때문이다.

가끔씩 누군가에 의해서 등을 떠밀리고 있다는 생각을 할 때가 있다. 그래서 넘어지지 않기 위해서는 뛰어야 하는, 길이 짊어지고 있는 운명 같은 것을 절감할 때가 있다. 그럴 때마다 귓가를 스치는 목소리가 있다.

"그러니 나를 좀 제발 그냥 놔두시오"

-학생의 글-

3. 비평적 글쓰기

비평적 글쓰기는 예술 작품에 대한 가치평가를 중심으로 독자들에게 작품을 좀 더 폭넓게 이해시키는 역할을 한다. 독자들은 평론을 읽고 자신들이 미처 생각하지 못한 부분을 알게 되고 이해하기 어려운 부분들을 이해하게 된다.

평론을 쓸 때에는 몇 가지 유의할 점이 있다.

첫째, 비평적 글쓰기는 자료 찾기가 중요하다. 평론의 내용에 관련된 자료는 모두 수집해야 한다. 자료가 미흡하면 내용이 부실하거나 잘못된 평가를 내릴 수 있다.

둘째, 대부분의 글은 독자가 중요한 위치를 차지한다. 독자가 없는 글은 이미 글로써 가치를 상실했다 해도 과언이 아니다. 따라서 많은 사람들이 관심을 가지고 있고 자신도 흥미를 느끼는 주제를 설정해야 한다.

셋째, 평론은 머리말, 내용 분석, 가치평가 등의 서문, 본문, 결문의 형식을 띤다. 서문에서는 주제와 관련된 일화에 대한 소개나 작자에 대한 설명으로 시작하여 독자에게 무엇을 말할 것인지에 대해 주지시킨다. 본문에서는 최대한 객관적인 분석을 통하여 자신의 주장이 타당함을 밝혀야 한다. 결문에서는 의의나 한계점 등을 통하여 가치평가가 중심이 되어야 한다.

넷째, 평론을 쓸 때에는 되도록 부드럽고 우아한 문체를 써야 한다. 과격하거나 저속한 표현은 글 전체의 가치를 떨어트릴 수 있다.

다섯째, 문화평론은 모든 문화를 창조하는 생산자와 그 문화를 받아들이는 수용자 모두에게 도움을 준다. 평론을 통해서 생산자가 인식하지 못했던 의의나 한계점 등은 더 나은 문화를 창조하는 데에 도움을 줄 수 있다. 그리고 작품에 대한 예리한 분석이나 평가는 수용자들의 이해의 폭을 넓힐 수 있다.

1) 칼럼의 예

지금 우리 교육계는 미래 교육과정으로 큰 혼돈 속에 빠져들고 있다. 지난 1월에 연구를 시작한 미래 교육과정은 대통령 직속 국가교육과학기술자문회의가 주관하여 만들고 있다. 지금도 수정을 거듭하면서 대통령 보고와 마무리를 눈앞에 두고 있다. 그 내용은 교육에서 추구하는 인간을 글로벌 창의인재로 설정하고 현재 국민공통 기본 교육과정을 10년에서 9년으로 조정한다. 국민공통 10개 교과를 7개 교과군으로 줄이고, 학년 학기 집중이수를 하도록 하여 초등학교는 학기당 7개, 중학교는 8개 과목 이하로 편성한다. 또한 단위학교 교육과정을 확대하여 교과목군별로 20%를 자율로 편성하도록 한다.

문제는 우리 교육에 일대 지각변동을 가져올 이 안이 대부분의 교육자들이 모르는 가운데 군사작전을 하듯 비밀리에 빠르게 만들어지고 있다는 것이다.

몇 가지 문제를 지적하면 먼저 미래 교육과정은 절차적 과정을 무시하고 있다. 정상적인 절차로 3년에 걸쳐 만들어진 2007년 개정 교육과정을 무위로 돌리고 있다. 이것은 정변이 잦은 신생국가에서 특별위원회의 이름으로 하루아침에 제정·발표하는 법안과 닮았다.

교육이 백년대계라고 한다면 2007년 개정 교육과정안을 정상 실시하면서 많은 의견을 수렴하여 절차적으로 정당하게 개정작업을 해야 한다. 둘째, 미래 교육과정에서 추구하는 인간상으로 글로벌 창의인을 설정하고 있다. 우리 선조들은 모든 사람을 성인이 될 사람으로 인식하고 교육하였다. 우리 교육은 하늘로부터 받은 완전한 성품을 드러내는 군자라는 참사람의 높고 원대한 목표를 세우고 본원적인 심성을 회복하고 하루하루가 새로워지기를 노력하는 것이어야 한다. 셋째, 미래 교육과정이라고 하면서 미래가 불분명하고, 경쟁과 경제적 논리로 가득 차 있다. 미래에 대한 분명한 인식과 함께 인간의 이상적인 모습을 제시하여야 한다. 상황주도력, 초일류, 품격, 역량, 경쟁력, 자기계발 등 경쟁력 개념을 바탕에 두고 문화, 공동체, 인간 존엄을 가장한 경제적 논리로 가고 있다. 넷째, 미래 교육과정은 많은 부분에서 자율을 강조한다. 교과목 시간 배당을 학교가 결정한다. 이는 입시경쟁이 치열한 우리 학교교육의 풍토에서 입시교육을 강화하겠다는 공포이다. 현재 상황에서 교육과정 자율화는 다양화의 추구가 아닌, 획일화를 통한 입시몰입 교육으로 이어지게 된다. 다섯째, 집중이수제이다. 예술교과의 집중이수제는 매 학기로 이어져야 하는 학습경험이 단절되면서 학습자의 정서나 내면세계에 안정이나 지속적인 변화와 효용성을 갖지 못하게 한다. 여섯째, 미술·음악·가정 등의 평가방식 변경은 정상적 수업운영을 어렵게 만든다. 과목 유급

제나 상중하의 3단계 평가는 교과가 황폐해지고 학습자로부터 외면당하는 것을 피할 수가 없다.

미래 교육과정은 교육 현실을 무시한 채 수많은 혼란과 시행착오를 일으킬 시기상조의 몽상적 교육과정이다. 오늘 급조되거나 잘못 만들어진 것은 내일 또다른 청산 대상이 될 것이다. 교육에서 개혁이나 변화는 무엇보다 교육적 실천의 당사자인 현장 교사의 의식변화와 그 마음을 얻어야 한다. 우리는 교육을 통하여 큰 기상과 호방한 기개를 가진 사람, 일체의 경계에 걸림이 없는 자유인, 의로운 길을 의연하게 가는 참사람을 길러내야 한다. 우리는 끊임없이 정신적인 성장을 도모하는 인간적 성숙을 위한 교육을 이루어가야 한다.

– 이성도, 「미래 교육과정, 무엇이 문제인가」 (『한겨레신문』, 2009, 6, 8)

2) 서평의 예

쉰 다섯편의 시를 위한 행복의 카바티나

– 정끝별의 짧은 시 산책, 《행복》 –

《행복》은 쉰다섯 편의 짧은 시를 독특한 가창법으로 읽어주고 있는 아름다운 시 해설서이다. 그 자신 시인이기도 한 정끝별의 '짧은 시 산책'은 요설과 객설을 용납하지 않는 서정적 문체로 시의 묘미를 풍부하게 살려낸 한 편의 시라 할 수 있다.

이 책의 가장 큰 미덕은 까다로운 문학 이론의 논리를 과감하게 배제하고 삶의 체험과 직관으로 작품의 의미를 풀어냄으로써 자연스럽게 시적 몽상의 세계로 길을 열어 준다는 데 있으며, 이미 잃었던 시의 진정한 매혹을 되찾아 준다는 데 있다. 그런 만큼《행복》은 간결하고 쉬우면서 동시에 지극한 깊이를 지니고 있다.

우선 정끝별은 지식인의 근엄함과 권위적인 화법을 자제하고 정감과 유머가 넘치는 친근한 목소리로 독자에게 말을 건넨다. 그렇기 때문에《행복》의 언어들은 현학적이거나 관념적이지 않다. 구어체의 정겨움 속에서 그는 자신의 목소리를 살아있는 음성으로 구현해낸다.

> 총각 냄새 물씬 풍기는 무밭 곁에
>
> 웃음소리 소란스런 배추밭
>
> 아낙들 머리에 쓴 흰 수건처럼 환한
>
> 달빛 웃음 밤새워 참느라고
>
> 배추 고갱이 노랗게 속이 밸 때
>
> 무들은 흙 속에서
>
> 수음하며 몸집을 불린다
>
> 신병 훈련소 같은 무밭
>
> 신참 이등병 일개 소대 출소 준비 끝
>
> — 〈채마밭〉, 김영무

한여름밤의 남녀상열지사男女相悅之事로군요. 무밭에서 총각 냄새를 맡고,

배추밭에서 아낙들 웃음소리를 듣는 시인의 감각이 압권이네요. 무청을 드러내 놓고 종횡대로 사열해 있는 무밭의 무들을 '출소 준비 끝낸' 일개 소대의 신참 이등병들로 비유하는 것도 즐겁지 않습니까? 출소 준비를 끝마쳤으니 곧, 툭 불거진 푸른 심줄 같은 무 밑동을 내로란 듯 드러내 놓겠지요? 무밭 곁에 배추밭이 이웃해 있는 이유, 무 몸집이 그렇게 불어 있는 이유, 이제야 알겠습니다. 그러고 보니 고추밭 곁에 상추밭이, 오이나 가지밭 곁에 깻잎밭이 이웃해 있는 이유, 그게 다 섭리였군요! 궁합이었군요!

김영무의 〈채마밭〉 해설의 첫 구절 "한여름밤의 남녀상열지사로군요"에서 감지할 수 있듯이 정끝별은 시에서 벌어지고 있는 사태나 정황을 설명하기보다는, 스스로를 '보는 자'의 위치에 놓음으로써 현재화시킨다. 이를 통해 시적 정황은 장면화되고 독자는 그 생생한 현장에 동참하게 된다. 예를 들어 조운의 〈상치쌈〉 해설에서 "입을 크게 벌리자니 눈도 크게 벌어지겠죠. 크게 벌어진 눈의 동자들이 울 너머로 쏠려 있군요"라든가, "그러니까 이 시는 해질 무렵 '건들'비가 쏟아지기 시작하는 순간의 '건들' 풍경이로군요."(〈건들장마〉, 박용래), "스스로는 물론 단 한 사람의 가슴이라도 따뜻하게 지펴줄 수 있는 마음의 군불, 아니 시의 군불을 지피고 있군요"(〈序詩〉, 나희덕)와 같은 해설 방식을 통해 그는 시적 정황과 독자를 밀착시키고자 한다.

이와 더불어 그의 '짧은 시 산책'에서 두드러지는 또 다른 화법은 '의문'과 '감탄'이다. "즐겁지 않습니까?" "드러내 놓겠지요?"와 같은 의문형은 직접적으로 독자에게 반응과 동의를 구함으로써 독자와의 관계를 일방적인 것이 아니라 대화적인 것으로 유도해 간다. 그리고 여러 개의 물음 끝에 정끝별은 "무밭 곁에 배추밭이 이웃해 있는 이유, 무 몸집이 그렇게 불어 있는 이유, 이제야 알겠습니다"라고 고백한다. 그는 '알겠습니까?'가 아니라 '알겠습니다'라고 말함으로써 시와 교감해 가는 과정을, 그 깨달음의 과정을 공공의 것으로 환원하고 있는 것이다. 그의 또 다른 해설에서도 이러한 태도는 지속된다. "그렇군요! 힘이 약한 벌레는 뼈가 밖에 있고 살이 속에 있고, 사람을 비롯한 힘센 동물들은 뼈가 속에 있고 털과 살이 밖에 있었군요"(〈힘센 사랑〉, 정진규), "그리고 보니 우리는 '우연히' 죽은 것들은 먹지 않는군요."(〈우연한 나의〉, 허수경)에서 보여지는 것처럼 그는 처음 시적 진실과 대면한 자의 입장을 취하거나 때로 "전 백로와 두루미와 왜가리를 구별하지 못합니다"(〈왜가리〉, 천양희)라고 자신의 부족을 겸손하게 드러내 놓기도 한다. 따라서 그가 "그게 다 섭리였군요! 궁합이었군요!"라고 말할 때의 감탄은 시에 대한 주관적 도취의 발현이 아니라 발견의 기쁨에 대한 표현이다. 그 기쁨은 혼자만의 것이 아니라 독자와 공유적인 것이다. 시적 정황의 장면화, 의문과 감탄 외에 청유와 가정, 유머 등 다양한 어법 구사 또한 독자의 상상력을 풍부하게 이끌어 가는 그의 해설 전략이라 할 수 있다. 한편 이러한 어법을 통해서 그는 시 너머로 의미를 확장해 가는 몽상의 힘을 보여준다.

　　사랑도 만질 수 있어야 사랑이다

　　아지랭이
　　아지랭이

아지랭이

길게 손을 내밀어

햇빛 속 가장 깊은 속살을

만지니

그 물컹거림으로

나는 할말을 다 했어라

– 〈7번국도 – 등명燈明이라는 곳〉, 이홍섭

7번국도 변에는 등명해수욕장도 있고 등명낙가사라는 큰 절집도 있습니다. 등명燈明! 참 예쁘죠? 등불로(처럼) 밝힌다! 참 깊기도 하지요? 시인은 등명을 사랑으로 밝혀내고 있군요. 만질 수 있어야 사랑이라니 사랑은 만지는 것이라는 말도 되겠군요. 그러니 시인은 물컹거리는 아지랭이의 속살까지 만져보는 것이겠죠. 아지랭이 그 피어오름이 안타깝고, 아지랭이 그 바장임이 서럽고, 아지랭이 그 놓이 아픕니다. 나른한 봄날, 등명에서 만져본 아지랭이 속살이 바로 사랑의 속살이었겠죠? 허나, 만질 수 있으니 상할 수도 있는 거겠죠?

이홍섭의 시 〈7번국도 – 등명燈明이라는 곳〉에는 안타까움이나 설움, 아픔이라는 단어가 없다. 이런 사랑의 감정을 시인은 모두 '아지랭이'라는 사물성에 응집시키고 있는 것이다. 그것이 이 시의 담박한 아름다움이기도 하지만 그것을 다시 아지랑이의 '바장임'이나 '농'으로 구체화하는 해설자의 혜안 또한 그에 견줄 만하다. 중요한 것은 해설의 마지막 부분에 "허나, 만질 수 있으니 상할 수도 있는 거겠죠?"가 남기는 의미와 여운의 깊이이다. 만질 수 있는 것을 통해 감각되어지는 기쁨과 충만함은 한편 순간적인 것이고 그렇기 때문에 그것은 자칫하면 상함이나 덧없음이 될 수도 있다는 사실을 정끝별은 단 한 문장으로 표현해내고 있는 것이다. 이는 아지랑이의 속성이면서 동시에 사랑의 속성이기도 하다. 아지랑이의 '속살'을 만지고 있는 시적 화자의 정황을 그는 자기의 몽상 속에서 확장하고 있는 것이다.

시는 아름다운 것, 시는 매혹적인 것, 혹은 시는 낭만적인 것이라고 사람들은 생각한다. 그러나 생각만큼 그것에 빠져드는 일은 쉽지 않다. 시로부터 멀어지게 되는 이유는 시의 참맛을 느끼기도 전에 대부분의 독자들이 낭패감부터 경험하게 되기 때문이다. 일상의 언어와 다를 바 없는 말로 이루어져 있음에도 불구하고 한 편의 시는 언제나 해석을 요구하는 언어의 함축적 집합물로 느껴지곤 한다. 이것이 시를 어렵게 하는 요인이면서 한편으로는 다른 무엇으로 대신할 수 없는 시의 매력이기도 하다. 시가 따분한 일상의 재현이라면 우리는 굳이 시를 읽을 필요가 없을 것이다. 사물의 비밀을 꿰뚫는 떨림의 언어, 깊은 내면으로부터 울려나오는 고뇌의 언어와 만나기 위해 우리의 감성은 섬세하고도 역동적으로 움직여야만 한다. 그 움직임 속에서 우리는 위로받으며 풍부해지고 넘쳐나며, 그리고 삶의 진실에 도달한다. 그런 의미에서 정끝별의 《행복》은 시와의 즐거운 만남을 주선해주는 정감의 시학이라 할 수 있다.

– 엄경희, 『유심』 제7호 2001.12.

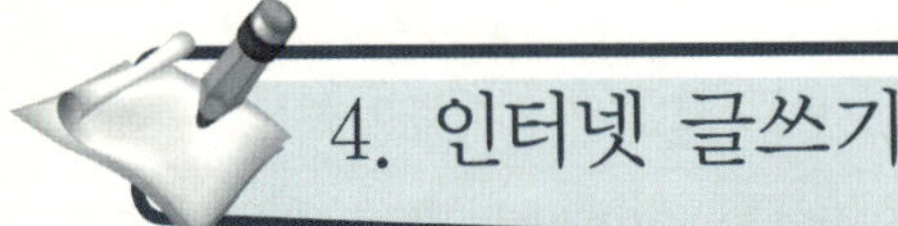

4. 인터넷 글쓰기

21세기는 컴퓨터의 발달로 인한 정보화시대로써 의사소통의 방식이 급격히 변하고 있다. 인터넷을 이용하지 않고는 불편한 시대가 되었다. 인터넷 통신망은 하이퍼텍스트로 되어 있어서 원하는 자료를 다양한 경로를 통해 짧은 시간에 손쉽게 얻을 수 있다. 그리고 인터넷의 발달로 인한 또 다른 변화는 편지 대신 인터넷 대화방이나 문자를 이용하는 경우가 보편화 되어가고 있다.

인터넷 보급으로 글쓰기 형태도 급격하게 변하고 있다. 십 여 년 전만해도 글을 쓰기 위해서는 종이와 연필을 준비했지만, 이제는 그럴 필요 없이 컴퓨터 앞에 앉는다. 이러한 인터넷 글쓰기는 글을 자유롭게 수정할 수 있으며 다른 사람에게 전송할 때도 클릭 한 번이면 되기 때문에 상당히 편리해졌다는 장점이 있다. 또한 정보를 많은 사람들이 공유할 수 있다는 점에서 다양한 정보를 쉽게 얻을 수 있지만 그만큼 책임감도 따른다.

컴퓨터가 발달하기 전의 글쓰기에서는 의사전달의 중심이 '글'이었지만, 컴퓨터가 발달되고 인터넷 글쓰기가 보편화되면서부터는 '글' 뿐만 아니라 그림이나 동영상, 음악 등의 시청각 자료들이 의사전달의 중요한 역할을 하고 있다. 따라서 때론 '글'이 그림이나 영상 자료 등의 이해를 돕게 하는 부수적인 기능만을 할 때도 있다.

1) 인터넷 글쓰기의 이해

(1) 의사소통 구조

기존의 전통적인 의사소통 방식은 방송이나 신문 등의 대중매체를 받아들일 때, 일방향성으로써 수동적인 입장이었다. 그리고 시간적, 공간적 제약으로 다양한 대중문화를 공유할 수 없었다. 같은 시간에 방송하는 다른 방송 프로그램은 녹화나 녹음을 해놓지 않고는 보거나 들을 수 없었고 오래 전 신문 기사 내용은 신문사나 도서관에 가야만 확인할 수 있었다. 그러나 요즘은 전달자와 수용자가 구분되어 있는 것이 아닌 양방향성으로써 서로 대등한 관계를 지니고 있다. 언제든지 내가 수용자에서 전달자가 되어 글을 올리고 다른 사람의 글에 대하여 토론하고 의견을 제시하여 더 나은 글을 함께 써 나가기도 한다. 그리고 인터넷을 이용하여 다양한 프로그램을 언제든 원하는 시간에 볼 수 있으며, 손쉽게 대화내용이나 글을 수정할 수 있다.

(2) 익명성

인터넷을 이용하여 글을 쓸 때, 글쓴이는 자신의 실명을 쓰지 않고 대부분 익명을 쓴다. 이렇듯 인터넷 공간에서는 익명성이 보장되고 있는데 익명으로 글을 쓰는 데는 긍정적인 측면과 부정적인 측면이 있다. 긍정적인 측면으로는 사회규범으로부터 벗어나 자유롭게 자신의 주장이나 의견을 제시할 수 있다. 즉, 사회적인 위치나 관계, 연령차나 성별 등으로부터 벗어나 모두가 동등한 관계 속에서 자유롭게 글을 쓸 수 있다.

우리는 다른 사람의 글에 대한 반론을 제시하거나 의견을 피력할 때, 글쓴이나 독자를 의식해서 솔직하게 글을 쓰기 어렵다. 글쓴이와의 사회적 관계나 자신의 위치 때문에 망설이게 되고 때론 불안한 상태에서 사회적 규범의 테두리에 갇혀 글을 쓰게 된다. 하지만 익명으로 글을 쓰게 되면 그런 심리적 억압에서 벗어나 자유롭게 자신의 생각을 주장할 수 있다.

부정적인 측면으로는 자신의 신분이 드러나지 않기 때문에 무책임한 행동으로 인한 신뢰가 사라지고 있다는 것이다. 근거없는 유언비어를 퍼트린다든가 자신과 다른 생각을 하는 이들에게 폭언을 하며 모욕을 주기도 한다. 그리고 상대방에 대한 무례한 태도로 많은 사람들에게 불쾌감을 주며 이로 인하여 익명으로 쓴 다른 진실한 글까지 가볍게 만들고 있는 것이 사실이다.

사회규범 안에서 자유를 찾는다는 것은 사회규범을 파괴하는 것이 아니라, 사회규범의 심리적 억압에서 벗어나는 것을 말한다. 다시 말해서 익명으로 글을 쓴다는 것이 아무 것도 의식하지 말고 자기 맘대로 글을 쓰라는 것이 아니라, 상대방에 대한 신뢰와 자신에 대한 정체성을 갖고 규범에 얽매이지 말고 소신껏 자신의 주장을 자유롭게 펼치라는 것이다.

2) 인터넷 글쓰기의 양상

(1) 전자게시판

글이나 그림, 동영상이나 사진 등의 자료들을 네티즌들이 공유하는 인터넷상에 열린 공간을 전자게시판이라고 한다.

전자게시판에는 누구든지 자유롭게 글을 쓰거나 자료를 올릴 수 있으며, 다른 사람들의 글에 자유롭게 자신의 의견을 제시할 수 있다. 하나의 주장에 대해 많은 사람들의 다양한 견해를 짧은 시간에 알 수 있고, 의문나는 점이나 궁금한 점이 있을 때는 게시판을 통해 쉽게 정보를 교환할 수 있다는 장점이 있다. 게시판의 종류에는 각종 동호회나 홈페이지의 종류에 따라 차이가 있겠지만, 일반적으로 자유게시판과 주제별 게시판이 있다. 자유게시판에는 특별한 주제나 내용 없이 자유롭게 글이나 그림, 동영상 등을 올리는 곳이다. 주제별 게시판은 하나의 주제가 정해지면 그 주제에 관련된 그림이나 자료를 올려 서로 정보를 공유하는 곳이다.

게시판 글쓰기는 명료하고 집약적이어야 한다. 지면을 통하여 글을 쓸 때에는 거의 분량에 제약을 받지 않지만, 인터넷 전자게시판에 글을 쓸 때는 가능한 글자 수가 제한되어 있는 경우가 있어서 내용을 간단하고 명료하게 표현할 필요가 있다. 그리고 전자게시판을 이용하는 네티즌들 대부분이 짧은 시간에 하이퍼텍스트적 방식으로 많은 정보를 얻기 원하기 때문에 긴 글은 잘 읽지 않으려고 한다. 따라서 게시판에 글을 쓸 때는 요점을 정확하게 표현해야 하며, 네티즌들이 글을 읽을 때 대부분 제목을 보고 클릭하기 때문에 글의 제목을 어떻게 쓰느냐가 상당히 중요하다. 그렇다고 해서 제목과 내용이 엉뚱해서는 안 된다. 흥미로운 제목으로 시선을 끌게 하고 내용을 읽어 보면 제목과 맞지 않은 글들이 있는가 하면 전혀 엉뚱한 제목들도 쉽게 볼 수 있다. 글을 쓰고 글을 읽는 데는 반드시 신뢰가 함께해야 한다는 것을 잊어서는 안 된다.

(2) 대화방

각종 동호회 카페나 블로그, 홈페이지 등에 대부분 대화방이 있다. 그리고 다양한 목적으로 실시간 하는 소위 채팅방과 네이트온이나 버디버디 등 메신저를 이용한 대화방 등이 있다.

동호회 카페나 홈페이지 등에 있는 대화방은 대부분 특정한 주제를 정해 놓고 토론을 하거나 특정한 주제가 없더라도 친목도모 차원에서 각자 그 단체나 모임을 운영하는 데 있어서 회원들의 의견을 묻고자 할 때 이용한다. 그리고 동호회나 개인 홈페이지에서는 대부분이 서로 알고 있는 경우이거나 같은 분야에 관심을 갖고 있는 사람들의 모임이기 때문에 글쓰기에 있어서 대체적으로 예의를 갖추어 쓰고 있다.

실시간 이용하는 채팅방의 경우 가장 심각한 문제를 안고 있다. 대부분 이성교제나 유희를 대화의 목적으로 삼고 있기 때문에 음란한 채팅으로 불건전한 공간이 되고 있는 것이 사실이다. 그리고 대부분 유희가 목적이면서 익명성까지 담보되어 있기 때문에 비속어가 난무할 뿐 아니라, 근원도 모를 신조어나 도무지 뜻을 알 수 없는 외계어, 저속한 은어 등으로 서로에게 불쾌감을 주고 있다. 특히 10대 청소년층의 대화방을 보면 소통 불능이다. 이렇듯 심각한 언어 파괴는 모국어의 정체성까지 흔들고 있다. 10대들은 이러한 현상을 '짧은 시간에 글로써 대화하기 위해서는 어쩔 수 없다'라고 하지만 이러한 통신언어가 통신상에서만 쓰이는 것이 아니라,

일상생활에서까지 쓰이고 있기 때문에 문제가 되는 것이다. 대학생들에게 맞춤법 시험을 본 적이 있는데, 평균 60점 정도이고 리포트를 보면 채팅언어를 그대로 쓰고 있는 경우를 종종 볼 수 있다.

다음은 메신저를 통한 대화이다. 메신저를 통한 대화는 최근에 점차 확산되고 있는 추세인데, 이는 채팅언어의 심각한 언어 파괴와 비속어의 사용 등에 대한 반성적 측면에서 보면 바람직한 현상이라고 할 수 있다. 메신저를 통한 일대일 대화나 일대 다수와의 대화는 인터넷에 접속돼 있는 상태라면 필요할 때 언제든지 서로 대화를 주고받을 수 있다. 이러한 메신저를 통한 대화는 대부분 서로 잘 알고 있는 사람과의 대화이기 때문에 익명성을 담보로 한 채팅언어의 부정적 측면을 어느 정도 극복할 수 있다.

채팅언어의 예)

다음은 세 명의 고등학생들이 채팅방에서 하는 실제 대화 내용이다. 아이디는 임의로 가·나·다로 한다.

    가 : --
    가 : 머고
    나 : 닥치고
    가 : 니때매
    나 : ㅋㅋㅋㅋㅋㅋ
    가 : 어제
    가 : 피씨도 못뚤고

가 : 진짜

나 : 어째튼 향이 년때에

나 : 뚫엇다이가

나 : ㅋㅋㅋㅋㅋㅋ

가 : 겸둥

나 : 아 *발

나 : *나 웃긴다

나 : ㅋㅋㅋㅋㅋㅋㅋㅋ

나 : 앙

가 : 내 병우너 갓는데

가 : ㅆㅂ

다 : 담배피는사람보다 심각하면안되는데

나 : 언제

가 : 담배 술마니 해서

가 : ㅂ편도 부움..

가 : ㅜㅜ

가 : 아까

나 : 언제갓는뎅

가 : 4시쯤에

가 : ㅠㅠ

나 : 헐

나 : *친

가 : 약 3일째 달라고햇따

가 : ㅋㅋㅋㅋㅋㅋㅋㅋㅋ

다 : 담배끈은지

다 : 몇 년 됬는데

다 : 담배끈은지

다 : 몇 년 됬는데

Lesson | 3

논문 작성법

논문의 종류에는 학술논문, 졸업논문, 리포트, 평론, 학술조사, 답사, 실험보고서 등이 있다. 학술논문은 학술적인 연구논문을 통칭하는 것이고, 졸업논문은 최근에는 많이 없어졌지만 대학생들이 졸업하면서 마지막으로 쓰는 논문이다. 그리고 리포트는 대학생들이나 대학원생들이 쓰는 학기 중에 내는 중간보고서나 기말보고서가 여기에 해당한다. 평론은 비평적 해석을 목적으로 한, 넓은 의미의 논문에 포함된다. 따라서 평론은 논문처럼 엄격한 틀을 갖추지 않아도 되고 검증할 수 있는 모든 자료를 주석으로 달지 않아도 되는 논문보다는 주관적인 글이다. 또한 문학 답사나 민요, 방언 조사 등의 학술조사가 있고 이공계 대학생들의 실험보고서가 있다.

1. 논문의 요건

1) 독창성

모든 글에서 독창성은 가장 중요한 요소이긴 하지만, 특히 논문에서는 글의 생명과도 같다고 할 수 있다. 독창성이 담보되지 않은 리포트나 논문은 글로서의 가치가 없다.

2) 정확성

논문에 쓰는 숫자(년도, 통계수치 등)나 출처 등은 정확해야 한다. 그리고 자신의 주장도 검증할 수 있는 정확한 자료에 의한 것이어야 하고 문장 표현에 있어서도 애매하거나 모호한 표현은 삼가야 한다.

3) 객관성

독창적인 자신의 주장이나 방법론이 객관성을 확보해야 하며 논리를 벗어나거나 근거 없는 진술은 피해야 한다.

구체적이고 논리적인 분석방법에 의하여 자신의 주장이 타당함을 입증해야 한다.

4) 통일성

글은 서두 부분과 결말이 유기적으로 연관되어야 한다. 논지가 갈팡질팡 한다거나 주제에 일관성이 없으면 좋은 글이 될 수 없다. 서론에서 제기한 문제를 방법론을 통해 본론에서 치밀하게 분석해야 하며 결론에서는 본론에서 논의한 내용을 토대로 타당한 끝맺음을 해야 한다. 서론에서 제기한 연구 범위나 연구 주제를 벗어나면 안 된다. 역으로 서론에서 정한 연구 범위 중 어느 하나라도 빠뜨려서도 안 된다.

5) 평이성

문학적인 글은 누구나가 대상이 될 수 있지만, 전문적인 글은 그 분야와 관련된 사람들로 어느 정도 독자가 한정되어 있다. 한정된 독자 중에서도 다양한 층위를 형성하고 있다. 이러한 다양한 층위의 독자들이 읽었을 때, 쉽게 이해할 수 있도록 써야 하며 되도록 현학적인 문장이나 애매한 표현들은 삼가야 한다.

2. 논문의 체제

1) 인문사회계열 소논문의 경우

(1) 서두

논문 표지

목차(필요시)

(2) 논문 본문

서론

본론

결론

(3) 참고자료

참고문헌

부록(필요시)

초록(필요시, 외국어, 주로 영문)

2) 자연과학계열 소논문의 경우

(1) 서두

논문 표지

목차

도표 목록(필요시)

삽도 목록(필요시)

(2) 논문 본문

실험 방법 : 실험 재료와 이론

실험 내용 : 실험 결과 및 그에 대한 고찰

결론

(3) 참고자료

참고문헌

부록(필요시)

초록(필요시, 영문으로)

3) 학위 청구 논문의 경우

(1) 서두

논문 겉표지

논문 속표지

논문 제출서

승인란 또는 채점란

서문 및 謝辭(필요시)

목차

도표 목록(필요시)

삽도 목록(필요시)

(2) 논문 본문

서론

본론

결론

(3) 참고자료

참고문헌

부록(필요시)

색인(필요시)

초록(필요시, 외국어, 주로 영문)

3. 논문 본문

1) 서론 쓰기

서론에서는 논문에서 다루고자 하는 주제나 전반적인 내용을 암시해야 한다. 그러기 위해서는 문제 제기, 연구 목적, 연구의 중요성, 연구 방법, 연구 범위, 연구사 등이 명확하게 제시되어야 한다.

(1) 문제 제기는 기존의 이론이나 관념에 대한 비판정신에서부터 시작한다. 다루고자하는 내용의 논문이 기존의 인식의 틀을 벗어나야 함을 역설적으로 주장하는 것이다. 따라서 이 문제 제기를 통한 새로운 인식이 논문의 독창성을 담보하는 것이다.

(2) 연구 목적을 분명히 제시해야 한다. 모든 글이 목적이 있지만, 논문은 반드시 이 글을 왜 써야만 하는지가 분명해야 존재 의의가 있는 것이다.

(3) 연구 방법 및 과정을 밝힌다. 연구의 배경이 되는 특정 이론과 논의 내용을 명확히 밝혀야 논의의 타당성을 확보할 수 있다.

(4) 연구의 중요성은 연구 목적과도 맥을 같이 하는데, 이 논문이 학계에서 어떤 영향을 줄 수 있는지, 왜 중요한지가 드러나야 한다.

(5) 연구할 내용이 어디까지인지 범위가 분명해야 한다. 연구 범위가 정해지지 않았을 경우 산만하고 글의 중심을 잃을 수 있다.

(6) 연구사를 개괄적으로 제시해야 한다. 기존 연구에 대한 고찰을 통하여 문제점이나 미비한 부분들을 지적함으로써 본 논문의 위치를 확인할 수 있다.

2) 본론 쓰기

(1) 서론에서 제시한 목적이나 방법에 의하여 자신의 주장이 타당함을 입증해야 한다.

(2) 제시된 자료는 치밀하게 분석하여야 한다.

(3) 논지를 어떻게 전개할 것인가를 결정해야 한다.

(4) 자신의 독창적인 주장이 무엇인지 명확하게 밝혀야 한다.

(5) 논지가 일관성이 있어야 한다.

(6) 논거의 제시와 추론의 과정이 얼마나 합리적이고 타당한 것인가가 중요하다.

3) 결론 쓰기

(1) 본론에서 논의한 내용을 토대로 타당한 끝맺음을 하여야 한다.

(2) 소결론의 내용에서 지나친 논리적 비약은 삼간다.

(3) 글 전체가 완결된 느낌을 주어야 한다.

(4) 본문의 내용과 관련이 없는 전망을 하거나 문제 제기는 피해야 한다.

(5) 명백하고 자신있는 주장을 하여야 한다.

(6) 일반적으로 사용하는 결론 방법

　① 본론에서 논의한 내용을 요약해서 제시하는 방법

　② 본론에서 논의한 내용을 요약하고 전망하는 방법

　③ 본론에서 논의한 내용을 요약해서 제시하지 않고 그것을 토대로 앞으로의 연구 방향이나 연구 결과를 예측할 수 있는 전망만을 제시하는 방법

　④ 논의한 내용들에 대하여 제기될 수 있는 반론이라든가 미진한 부분이나 문제가 될 수 있는 점들을 제시하는 방법이 있다.

4. 인용

인용은 다른 사람의 글을 빌어다가 씀으로써 자신의 글이 설득력을 얻게 하는 방식이다. 인용은 크게 직접인용과 간접인용으로 나눌 수 있다.

1) 직접인용

직접인용은 원저자의 글을 직접 인용하는 방식이다. 원 글의 맞춤법, 구두점, 문단 구분 등을 원문대로 사용해야 하며 문학 작품, 법조문, 정부 시행령, 중요 포고문, 경전 등을 인용할 경우에 사용된다. 직접인용은 되도록 원전을 인용해야 한다.

직접인용은 인용문의 길이에 따라 인용 방식이 다르다. 3행 이내인 경우에는 문장 속에서 따옴표(" ")로 나타내고 4행 이상인 경우는 별도의 문단을 만들어서 나타낸다. 4행 이상인 경우 위와 아래로 한 줄 비우고 앞에도 한 글자씩 들여 써야 한다. 그리고 인용한 부분은 본문의 글자 크기보다 한 포인트 작게 쓴다.

(1) 3행 이내인 경우의 예

앙드레 브르통은 "이미지는 비교에서 나오는 것이 아니라, 정도의 차는 있을지언정 상호간 거리가 멀고 적절한 것일수록 이미지는 보다 강렬해질 것”이라고 초현실주의 선언문에서 주장하고 있다.

(2) 4행 이상인 경우의 예

“언어는 존재의 집이다”라는 하이데거의 말처럼 김춘수의 존재 찾기는 결국 언어에 대한 탐구라 할 수 있다.

말의 피안에 있는 것을 나는 알고 싶었다. 그 앞에서는 말이 하나의 불체로 얼어붙는다. 이 쓸모없게 된 말을 부수어 보면 의미는 분말이 되어 흩어지고, 말은 아무 것도 없어진 거기서 제 무능을 운다. 그것은 있는 것(존재)의 덧없음의 소리요, 그것이 또한 내가 발견한 말의 새로운 모습이다. 말은 의미를 넘어 서려고 할 때, 스스로 부서진다. 그러나 부서져 보지 못한 말은 어떤 한계 안에 가둬진 말이다.

김춘수는 사물의 실체를 파악하기 위해서 언어로서 그 사물을 관념화 시킨다.

2) 간접인용

간접인용은 논문을 쓰는 사람이 다른 사람의 글을 그대로 인용하는 것이 아니라, 변용하여 쓰는 방식이다. 다른 사람의 글을 간략하게 요약하거나 자신의 주장이나 설명을 부연해서 의역한 직접인용보다는 창조적인 글이라고 할 수 있다.

간접인용은 따옴표나 문단을 따로 나눌 필요 없이 인용문 끝에 각주를 달아서 출처만 밝혀 주면 된다.

예)

조향은 자신의 시 〈바다의 층계〉를 해석하는 과정에서, 데뻬이즈망은 현실적이고 일상적인 의미면의 연관성이 전연 없는 동떨어진 사물끼리가 서슴없이 한 자리에 모여 있다. 이와 같이 사물의 현실적이고 합리적인 관계를 박탈해버리고, 새로운 창조적인 관계를 맺어주는 것을 데뻬이즈망이라고 설명하고 있다.[1]

---

1 조 향, 「데뻬이즈망의 미학」, 『한국전후문제시집』, 신구문화사, 1961, p. 517.

5. 주석

논문은 객관성과 검증성이 담보되어야 한다. 자신의 글이 타당함을 입증하기 위해서는 증거 자료에 의해서 뒷받침 되어야 하는데, 이 자료들에 주석을 달아야 한다.

주석은 인용한 글 또는 말에 대한 출전을 밝히는 일이다. 아무리 미비한 부분이라 할지라도 반드시 출처를 밝혀야 한다.

1) 완전 주석

완전 주석은 어떤 문헌이 최초로 인용되었을 때, 그 문헌을 확인할 수 있는 모든 사항을 빠짐없이 기록하는 방법이다. 완전 주석을 하는 방법은 단행본, 논문, 사전, 재인용 그리고 외국서적인 경우 약간씩 다르다.

(1) 단행본

일반적으로 저자명, 서명, 총서명과 권수, 출판사, 출판년도, 페이지 순으로 기입해야 한다.

① 조창환, 『한국시의 넓이와 깊이』, 국학자료원, 1998, p.100.

② 간호배, 『초현실주의 시 연구』, 한국문화사, 2002, p.25.

공저인 경우에는 두 사람일 때는 저자 이름 사이에 중간점(·)을 넣어 모두 쓰고 세 사람 이상일 경우 한 사람만 쓰고 나머지는 외 몇 명으로 표기하는 것이 일반적이다.

① 문덕수·황송문, 『문예사조사』, 국학자료원, 1997, p.78.

② 조창환 외 13명, 『한국 현대 시인론』, 한국문화사, 2005, p.56.

편저일 경우는 편저자의 이름을 쓰고 이름 뒤에 '편(ed)'이라고 쓴다. 그리고 번역서일 경우에는 두 가지 방법으로 표기할 수 있다. 하나는 원저자를 먼저 쓰고 바로 뒤에 번역자 이름을 쓴 다음 '역(tr)'을 붙인다. 두 번째는 원저자를 쓴 다음 번역된 책 이름을 쓰고 그 뒤에 번역자 이름을 쓰고 '역(tr)'을 붙이는 경우가 있다. 때로는 원저자명을 밝히지 않고 역자만 밝히는 경우도 있다.

① 간호배 편, 『원본 '三四文學'』, 이회, 2004, p.68.

② 아르놀트 하우저, 백낙청 역, 『문학과 예술의 사회사』, 창작과 비평사, 2000, p.45.

③ 게오르그 루카치, 『소설의 이론』, 반성완 역, 심설당, 1995, p.30.

④ 박상규 역, 『藝術의 非人間化』, 미진사, 1995, p.67.

학회지나 공공기관이 저자인 경우 그 법인명을 저자란에 기입한다.

① 한국시학회, 『한국시학연구』 제19호, 2007.8, p.56.

② 독서와 작문 편찬위원회, 『독서와 작문』, 강남대학교 출판부, 2007, p.32.

③ 수원환경운동연합, 『길동무』, 2007.11, p.22.

신문기사일 경우 신문명은 단행본과 같이 취급하고 신문기사 내용은 논문과 같은 형식으로 표기한다. 따라서 표기 순서는 기사의 제목, 신문지명, 발행연월일, 면수 등으로 표기한다.

① 오철우, 「시인과 과학자」, 『한겨레신문』, 2009.9.22, 30면.

② 신승일, 「동북아 공동체와 한류」, 『한국일보』, 2009.9.22, 39면.

(2) 논문

학위논문의 경우 논자명, 논문명, 학위수여대학명, 학위명, 발행연월일, 페이지 순서로 기입한다. 석사·박사 학위논문일 경우 '학위'자를 빼도 된다.

① 간호배, 「'三四文學'의 초현실주의 연구」, 아주대학교 대학원 박사학위 논문, 2000.2, p.55.

② 오송희, 「崔仁勳 小說 研究」, 성신여자대학교 교육대학원 석사논문, 1994, p.30.

(3) 사전

사전의 경우 편저자가 있는 경우 편저자 명을 쓰거나 용어 또는 찾은 내용, 사전명, 출판사, 출판년도, 페이지 순으로 기입한다.

① 최학근 편, 『국어대사전』, 현문사, 1985, p.378.

② 민중서림 편집국 편, 『漢韓大字典』, 민중서림, 2006, p.563.

③ 『에센스』, 민중서림, 1992, p.102.

(4) 재인용

재인용의 경우, 인용한 글의 원저자, 서명(논문인 경우 논문명), 출판사, 출판년도, 페이지를 쓰고 난 후에 그 글이 실려 있는 텍스트를 같은 순서로 표기해야 한다. 그리고 맨 끝에 '~에서 재인용'이라고 붙여야 한다.

김현의 글을 재인용했을 경우

① 김 현, 「김종삼을 찾아서」, 『김종삼 전집』, 청하, 1988, 문혜원, 『한국현대시와 모더니즘』, 신구문화사, 1996, p.87에서 재인용.

신문에 실은 김기림의 글을 재인용했을 경우

② 김기림, 「현대시의 발전」, 『조선일보』, 1934.7.19, 간호배, 『초현실주의 시 연구』, 한국문화사, 2000, p.13에서 재인용.

(5) 외국서적

구미논저일 경우 서명은 이텔릭체로 쓰고 논문은 " "로 표기하는 것이
일반적이다.

① Gershman Herbert, *The Surrealist Revolution in France*, Michigan
  University Press, 1974, p.138.
② C. G. Jung, "The Type Problem in Psychopathology", CW 6, p.204.

(6) 그 외

인용한 페이지가 두 페이지 이상인 경우 pp로 쓴다. 그리고 페이지, 면,
쪽 등 모두 쓸 수 있지만, 같은 논문이나 책에서는 하나로 통일해야 한다.

① 간호배, 「'三四文學'의 초현실주의 연구」, 아주대학교 대학원 박사학위
  논문, 2000.2, pp.55-56.
② 한국시학회, 『한국시학연구』 제19호, 2007.8, 56면.
③ 민중서림 편집국 편, 『漢韓大字典』, 민중서림, 2006, 563쪽.

또 저서나 논문, 신문기사, 작품 등을 표시하는 기호도 지켜져야 한다.

① 단행본일 경우 : 『 』
② 논문이나 신문기사일 경우 : 「 」

③ 작품일 경우 : < > 또는 「 」

④ 작품집일 경우 : 『 』 또는 《 》

⑤ 구미논저일 경우

　ㄱ. 저서일 경우 : 이텔릭체

　ㄴ. 논문일 경우 : " "

2) 약식 주석

한 문헌이 완전 주석으로 이미 나왔을 경우 다시 그 문헌을 인용할 때, 두 번째부터는 약식으로 간략하게 표기하는 것이 약식 주석이다.

(1) Ibid

Ibid는 라틴어 Ibidem의 생략형으로 '같은 자리에'라는 뜻이다.

같은 의미로 상게 서上揭書, 상게 논문上揭論文, 위의 책, 위의 논문 등이 있다.

① Ibid., p.25.

② 상게 서, p.25.

③ 상게 논문, p.25.

④ 위의 책, p.25.

⑤ 위의 논문, p.25.

(2) Op. cit

Op. cit는 라틴어 Opere. citato의 생략형으로 '인용된 작품에서'라는 뜻이다.

같은 의미로 전게 서前揭書, 전게 논문前揭論文, 앞의 책, 앞의 논문 등이 있다.

① 간호배, Op. cit., p.25.

② 간호배, 전게 서, p.25.

③ 간호배, 전게 논문, p.25.

④ 간호배, 앞의 책, p.25.

⑤ 간호배, 앞의 논문, p.25.

(3) Loc. cit

Loc. cit는 라틴어 Loco citato의 생략형으로 '인용된 자리에서'라는 뜻이다.

위의 책과 같은 책 같은 페이지일 경우에 해당하며 이 때 페이지는 생략한다.

① Loc. cit.

② 위의 책, 같은 페이지

6. 참고문헌

참고문헌은 논문을 쓰면서 직·간접적으로 도움을 받았던 모든 자료들을 말한다. 잡지, 신문기사, 논문, 저서 등 참고한 자료들은 논문의 결론 뒤에 붙이는데 성명의 가나다 순으로 붙인다. 주석에 제시한 자료들은 빠짐없이 밝혀야 하고 논문에서 인용은 하지 않았더라도 논문을 쓰는데 영향을 받은 자료라면 밝히는 것이 좋다.

서양 문헌인 경우 성 다음에 쉼표를 찍고 이름을 써야 한다. 역시 성의 알파벳 순으로 정렬한다.

다음을 외각주로 작성하시오.

1 간호배 교수가 지은 "초현실주의 시 연구"라는 책의 25페이지부터 31페이지까지 인용하였다. 이 책은 한국문화사에서 2002년에 간행되었다.

2 게오르그 루카치라는 사람이 쓰고 반성완이 번역한 "소설의 이론"이라는 책의 129페이지부터 130페이지까지 인용하였다. 이 역서는 심설당에서 1995년에 간행하였다.

3 1992년에 민음사에서 간행한 "한국문화사"라는 책의 185페이지를 참조하였다. 이 책은 김윤식, 김현 교수가 공동으로 같이 쓴 책이다.

4 3번의 책 같은 페이지에서 다시 인용하였다.

5 김윤식 교수의 "이상 문학과 지방성 극복의 과제"라는 논문의 53페이지를 참조하였다. 이 논문은 권영민 교수가 편찬한 "이상문학 연구 60년"라는 책에 실려 있는데, 이 책은 1998년에 문학사상사에서 간행되었다.

6 3번의 책 86면을 다시 인용하였다.

7 6번의 책 56페이지를 다시 인용하였다.

8 Lucien Goldmann이라는 학자가 쓴 The Hidden God이라는 책의 64면을 인용하였다. 이 책은 Philip Thody가 1976년에 영역하여 New York의 Routledge & Kegan Paul에서 간행되었다.

9 김기림은 평론 "현대시의 발전"을 1934년 7월 '조선일보'에 실었다. 이 글의 12면을 참조하였다. 이 글을 간호배가 지은 "초현실주의 시 연구"라는 저서에서 재인용 하였다. 이 책은 한국문화사에서 2002년에 간행되었다.

Lesson | 4

표현과 진술

1. 묘사

어떠한 대상을 보고 그 대상으로부터 받은 이미지나 인상을 표현하는 것을 묘사라고 한다.

묘사는 특정한 공간에 대한 세밀하고 인상적인 표현 기법으로 대상과의 일정한 거리를 두고 표현하게 된다. 그리고 표현 방식은 다양하지만 통일성이 있어야 한다. 예를 들어 앞에서부터 뒤로 가면서 묘사한다든지, 뒤에서 앞으로 오면서 묘사한다. 또 왼쪽에서 오른쪽으로, 오른쪽에서 왼쪽으로, 위에서 아래로, 아래에서 위로, 중앙에서 바깥쪽으로, 바깥쪽에서 중앙으로 등 다양한 방식이 있지만 여러 방식을 혼합해서 산만하게 묘사하면 안 된다. 묘사가 산만해지면 독자로 하여금 글에 집중할 수 없게 되고 그러면 더불어 글에 흥미를 잃게 된다.

묘사에는 객관적 묘사와 주관적 묘사가 있다. 그러나 객관적 묘사와 주관적 묘사가 정확히 구별되는 것은 아니다. 대부분의 문학 작품에서는 주관적 묘사가 주를 이루지만 객관적 묘사가 혼합되어 있는 경우가 많다.

1) 객관적 묘사

객관적 묘사는 정물화를 그리듯이 대상을 보이는 대로 세밀하게 그리는 서술방식이다. 그 대상의 형태, 색깔 등을 객관적 시각으로 실감나게 표현함으로써 읽는 이로 하여금 그 대상을 보고 있는 듯한 인상을 주어야 한다.

예문 1)

　남자는 허리까지 내려오는 검은 가죽잠바 안에 회색 폴라티를 받쳐 입고 잠바 바깥으로 폴라티와 같은 색상의 순모 머플러를 둘렀다. 이발을 한 것일까. 머리가 유독 짧아 두 귀가 오롯이 눈에 띤다. 단정한 입매와 창백한 피부로 인해 남자는 언뜻 차가운 인상이다. 짙은 눈썹과 각이 없는 턱 탓인지도, 그녀는 남자의 쌍꺼풀 없이 가느스름한 오른쪽 눈 밑에 깨알 만하게 돋아있는 점을 잠시 주시했다. 눈물 떨어지는 자리에 가만히 돋아있는 점 때문에 남자의 차가운 인상이 지워진다. 청바지 밑에 갈색 랜드로바 끈. 청바지가 딸려 올라간 탓인지 양말을 신었는데도 바지 안에 입은 크림색 내의가 살짝 엿보인다. 그걸 보고 나서야 그녀는 약속 장소에 늦게 도착한 긴장이 얼마간 누그러진다.

-신경숙, 〈부석사〉

예문 2)

　옥포만은 거제도의 동쪽 포구다. 바다가 자루처럼 오목하게 섬의 안쪽을 파고들어 외해로 드나드는 수로의 폭은 1.6킬로미터에 불과하다. 가파른 해안 단애가 만의 안쪽을 삥 둘러서 막아섰으니 일찍부터 사람 사는 마을들은 절벽이 물러서는 물가를 골라서 들어섰다. 해안 단애가 물밑으로 뻗어 내려가 바다의 수심은 벼랑처럼 갑자기 깊어지고 원양을 흔드는 파도는 여기까지 밀려들지 못해 이 깊은 물은 늘 고요하다. 만은 퇴로가 없이 오목한 형국인데, 이 갇힌 바다에서 해전이 벌어지면 만 안쪽 해안에 포진한 수세의 함대는 전투대열이 허물어질 때 물러설 자리가 없고, 좁은 수로를 넘어 들어온 공세의 함대는 뒤쪽의 수로 입구를 역봉쇄 당하면 물러서지 못한다. 쳐들어가기는 쉬워도 빠져나오기는 어려운 이 바다는 병서에서 말하는 '괘'의 형국인데, 이런 형국을 향해 공세를 몰아가려면 아군을 우회해서 후방을 봉쇄하려는 적의 진로를 차단하고 신속히 작전을 끝낸 후 뒤로 방향을 돌려 수로 입구를 재빨리 빠져나와야 할 터다.

-김훈, 〈충무공, 그 한없는 단순성과 순결한 칼에 대하여〉

2) 주관적 묘사

주관적 묘사는 하나의 대상을 표현할 때, 보이는 실체 뿐 아니라, 그 대상을 통해서 연상되거나 상상되는 이미지를 주관적으로 그리는 것이다. 연상되거나 상상되는 이미지는 대부분 자신의 체험에서 기인하게 된다. 그러므로 살면서 다양한 체험과 경험을 한 사람들은 풍부한 이미지로 글을 개성적이며 독창적으로 표현할 수 있다.

예문 1)

짐승 같은 달의 숨소리가 잡힐 듯이 들리며, 콩 포기와 옥수수 잎새가 한층 달에 푸르게 젖었다. 산허리는 온통 메밀밭이어서, 피기 시작한 꽃이 소금을 뿌린 듯이 흐뭇한 달빛에 숨이 막힐 지경이다. 붉은 대궁이 향기같이 애잔하고, 나귀들의 걸음도 시원하다.

-이효석, <메밀꽃 필 무렵>

예문 2)

　눈이 그치고 난 뒤의 해변은 파도소리마저 조용히 가라앉아 있었다. 나는 안으로 활처럼 휘어져 있는 해안으로 내려갔다. 수박만한 청환석들은 아래로 내려갈수록 참외만하게 주먹만하게 작아지더니 물밀녘에 이르자 겨우 달걀만해 졌다. 무릎 밑으로 달빛에 부서진 파도가 은빛 거품을 물고 달겨들고 있었다. 언뜻 뒷전에서 바람이 이는 소리가 들려 돌아보니 방풍림이 달빛 아래 떨고 있는 게 보였다. 얼마만에 처다본 하늘인지도 모르지만 사금 광주리를 엎어 놓은 듯이 그야말로 무진장한 별들이 머리 위에 가득 내려와 있었다. 그리하여 7백 미터의 푸른 돌밭은 왕의 요대처럼 번쩍거리고 있었다. 나는 슬그머니 발을 뻗어 요대 위를 걸어가 보았다. 아랫도리에서부터 푸른 금빛의 무리가 휘황하게 번져 올라 왔다. 나는 그 빛에 취해 한동안 바닷속에서 밀려나오는 소리조차 듣지 못하고 있었다.

-윤대녕, <천지간>

2. 서사

　서사는 하나의 이야기를 화자를 통하여 전달하는 서술방식이다. 묘사는 대부분 정지된 대상에 대한 표현방식이라면 서사는 시간적 순서에 의해서 움직이고 그것이 하나의 의미망을 형성한다는 점이 다르다.

　서사는 기본적으로 이야기 구조를 형성하고 있는 소설이나 사건의 배경이나 경위를 설명하는 신문기사에서 많이 볼 수 있다. 예를 들어 박태원의 『소설가 구보씨의 일일』을 보면 주인공이 아침에 집을 나서면서부터 저녁에 집에 돌아올 때까지의 하루 동안의 일과를 그린 것이다. 소설 전체가 하나의 큰 서사구조 속에 다양한 서사들이 뿌리를 내리고 있다. 물론 서사 중간 중간에 씨실과 날실처럼 묘사가 자리하고 있는 것이 대부분이다.

　서사에서 중요한 것은 주제, 사건의 변화, 시간의 흐름이다.

　첫째, 주제는 서사구조에 있어서 하나의 완결된 이야기를 말한다. 수많은 사건과 행동들이 있지만 이것들이 유기적으로 관계할 수 있는 의미망을 형성해야 하고 이 의미망은 서사에 있어서의 주제라고 할 수 있다.

　둘째, 묘사는 정지되어 있는 대상에 대한 기술방식이라면 서사는 움직이는 대상에 대한 서술이라 할 수 있다. 사건과 사건의 연속을 통한 글의 전개라든가 등장인물들의 행동의 변화, 또는 장소 이동을 통한 심리변화 등을 구체적으로 서술하는 것이다.

　셋째, 서사에서 시간의 흐름은 중요한 요건이다. 과거, 현재, 미래라는 시간의 흐름 속에서 인간의 행동은 하나의 의미망을 형성한다.

예문 1)

경찰은 숭례문 방화 피의자 채아무개(70)씨가 지난해 7월과 12월 두 차례에 걸쳐 현장을 답사하는 등 방화에 앞서 치밀한 계획을 세웠다고 밝혔다.

경찰 발표를 보면, 인천 강화군에서 이혼한 전처와 함께 살고 있는 채씨는 설 연휴 마지막 날인 10일 오후 세시께 경기 일산행 버스에 몸을 실었다. 접이식 알루미늄 사다리와 시너가 채워진 페트병 등을 담은 배낭을 멘 채였다. 일산에서 내린 채씨는 버스를 갈아타고 서울 숭례문으로 향했다.

저녁 8시께 서울 시청과 숭례문 중간인 태평로 정류장에서 내린 채씨는 짐을 양쪽 어깨에 둘러멘 채 숭례문까지 걸어갔다. 연휴 마지막 날 길에는 적지 않은 차량과 행인들이 있었지만, 채씨를 주목하는 이는 없었다. 어둑한 저녁 시간 숭례문 서쪽 비탈을 기어올라간 채씨는 미리 준비해 온 접이식 알루미늄 사다리를 이용해 누각을 둘러싼 담을 넘었고 이어 2층 누각으로 올라갔다. 저지하는 사람도 없었고 폐쇄회로 텔레비전도 정문과 후문 등을 비출 뿐이어서 채씨의 출입 모습은 어디에도 기록되지 않았다.

채씨는 배낭 속에 넣어온 시너가 담긴 1.5ℓ 짜리 페트병 셋 가운데 하나의 뚜껑을 열어 바닥에 시너를 뿌리고 곧이어 일회용 라이터로 불을 붙였다. 금세 나무 바닥에 불이 붙으며 연기를 내뿜기 시작했다. 사다리와 라이터 배낭 등을 현장에 남겨 둔 채 채씨는 현장을 빠져나왔다. 길을 지나던 행인이 누각 사이에서 흘러나오는 연기를 목격하고 119에 화재 신고를 했다.

인근에서 신호대기 중이던 택시를 잡아탄 채씨는 근처 지하철역에서 내려 대중교통을 이용해 경기 일산의 아들 집으로 향했고, 아들에게 방화 사실을 털어 놓았다. 그 사이 불은 지붕 속 통나무(적심)에까지 옮겨 붙었다. 소방당국은 "적심에 불이 붙어 물을 뿌려도 진화가 안됐다"고 밝혔다. 채씨는 바닥에 불을 붙인 뒤 곧바로 내려와 불이 어떻게 번졌는지 모른다고 경찰에서 진술했다. 불이 기둥을 타고 올라 갔는지, 시너 폭발로 순간적으로 지붕 쪽에 불이 번졌는지는 확인되지 않고 있다.

이날 채씨의 행적에 누구도 관심을 기울이지 않은 것 같았지만, 우연히 사다리를 메고 숭례문을 넘어가는 채씨를 목격한 한 시민은 그의 인상착의를 경찰에 신고했다. 경찰은 이튿날 동일수법 전과자를 조회하다 2006년 창경궁에 불을 질렀던 채씨의 소재 확인에 나섰다.

그사이 아들 집에서 하룻밤을 잔 채씨는 11일 새벽 전처 집으로 돌아와 낮에 동네 노인들과 화투를 치며 시간을 보냈다. 채씨는 이날 저녁 7시 40분께 마을회관 앞에서 서울 경찰청 강력계 소속 형사들과 마주쳤고, 임의동행된 지 30여분 만에 범행 사실을 털어놨다. 숭례문에 불을 지른 지 하룻만인 저녁 8시 15분께 긴급체포 돼 경찰에 압송된 채씨는 "가족들과 국민들께 죄송하다"고 했지만, 국보1호 숭례문은 이미 잿더미로 변한 뒤였다.

– 『한겨레신문』,「2층 바닥에 시너 뿌리고 불댕겨」, 2008.2.13

예문 2)

　숲을 빠져 나오니 수평선 끝에서 가물가물 빛이 틔어 오고 있었다. 역시 그랬던가. 옆방 여자가 파도에 밀려들고 있는 돌밭에 등을 돌린 채 우두커니 서 있다가, 간밤에 내가 걸었던 요대 부분을 밟고 여관으로 돌아가고 있었다. 나는 꺼칠한 턱을 쓰다듬으며 방으로 돌아가면 거울부터 봐야겠다는 생각을 하고 있었다. 새벽 바람을 맞아선지 몸이 으스스 떨려 왔다.

　여자가 1층 창가에 앉아 아침을 먹는 동안 나는 얼굴을 씻고 나와 하릴없이 돌밭을 거닐고 있었다. 얼굴로 내려오는 머리칼을 간간이 귓바퀴로 걷어 올리며 여자는 천천히 아주 천천히 식사를 했다. 베란다에선 횟집 종업원인 여자가 붉은 스웨터를 입고 나와 정성껏 유리를 닦고 있었다. 닦인 유리 안으로 낚싯배 한 척이 바다에서 돌아오고 있었다. 광주로 전화를 넣을까 하다가 나는 머리를 내두르며 횟집 마당으로 올라갔다. 지금 출발한다 해도 발인 시간에 맞출 수 있을지는 사실 의문이었다.

　내가 유리문을 밀고 안으로 들어가 자리에 앉자 주인 사내가 물이 뚝뚝 떨어지는 낚싯대를 들고 돌밭을 올라 왔다. 유리를 닦던 여자가 어제 내가 먹다 남긴 감성돔 매운탕을 내왔다. 그러나 입안이 깔깔해 공깃밥으론 영 숟가락이 내밀어지지 않았다. 주인 사내가 휘 문을 밀치고 들어오며 우렁우렁한 목소리로 아침 인사부터 했다.

－윤대녕, 〈천지간〉

예문 3)

　전차를 타고 두 정거장 쯤 가서 어디선가 왁자지껄한 소리가 나고 풍선이 떠다니는 듯한 환영이 비치는 곳에 내렸다. 한자가 섞이지 않은 영문 간판들이 이텔릭체로 적혀 있었다. 하얀 페인트로 메뉴가 적힌 유리창 사이로 빨간 의자와 젊은 사람들의 빠른 몸짓이 비치는 식당으로 들어갔다. 미니스커트에 껌을 씹는 웨이트리스가 주방장과 뭐라고 계속 농지거리를 하며 작은 수첩을 들고 내 앞에 섰다. 나는 오늘의 점심 메뉴를 달라고 했다. 산더미 같은 포테이토칩과 기름이 지글거리는 닭다리 튀김에 권투 선수 글러브만큼의 스파게티, 오이며 토마토가 얹어진 샐러드가 나왔고 대형 컵에 콜라가 담겨져 나왔다. 질식할 듯 4분의 1쯤 먹고는 담배를 피웠다. 음식은 아직 손도 대지 않은 것처럼 많이 남아 있었고 언뜻 본 옆자리에는 접시가 깨끗하게 비워져 있었다. 나는 잔뜩 긴장을 하면서 틀리지 않게 계산을 치렀고 거리로 나왔다. 휘파람을 부르며 건들거리는 흑인의 모자가 형광색으로 눈부셨다. 진열장을 바라보는 척하며 가게들을 더듬어 작은 공원으로 내려왔다. 벤치에 앉아 반쯤 졸듯 그곳의 공기를 마시고 하나도 귀에 꽂히지 않고 흐르기만 하는 사물의 소리처럼 사람들의 말소리에 감미롭게 휩싸였고 그들의 언어를 이해 못하는 것이 항상 답답한 것만은 아니라는 것을 알았다. 내 앞에 놓인 현실은 언젠가 본 적이 있는 영화의 장면들로 점철되는 것 같았다.

-김이태, <궤도를 이탈한 별>

3. 설명

1) 설명의 의미

설명은 어떠한 사물이나 대상에 대한 지식이나 정보 등을 다른 사람에게 전달하는 기술방식이다. 다시 말해서 어떠한 대상에 대해서 묻고 대답하는 형식의 글쓰기이다. 예를 들어 A는 무엇인가?, A는 무슨 뜻인가?, A의 가치는 무엇이라고 생각하는가?, A의 의도는 무엇인가? 등의 물음에 대한 대답으로써 타인을 이해시키는 행위라고 할 수 있다. 설명에는 정의, 비교·대조, 분류·구분, 유추 등이 있다.

2) 설명의 종류

(1) 정의

어떤 사물이나 대상을 이해시키기 위한 본질적인 뜻을 말한다. 어떤 사물을 정의하려는 대상인 피정의항과 설명하는 부분인 정의항으로 이루어져 있는, 정의항과 피정의항은 대등한 관계로 존재한다. 다시 말해서 "A = B" 라는 등식이 성립하는데, 정의항에는 유개념과 종차로 나뉘어 진다. 예를 들어 "인간은 사고하는 동물이다"에서 피정의항은 '인간'이고 '사고하는 동물'이 정의항에 해당한다. 이 정의항에서 '동물'은 유개념이고 '사고하는'은 종차라 할 수 있다.

　　정의에서 주의해야 할 점은 첫째, 정의항이 부정적 진술이어서는 안된다. 예를 들어 "선생은 학생이 아닌 사람을 말한다.", "월급쟁이는 사업가가 아닌 사람들을 말한다."라고 했을 때, 학생이 아닌 사람은 선생만 있는 것이 아니라, 학교에 다니고 있지 않은 다른 많은 부류의 사람들을 포함하고 있고, 사업가가 아닌 사람은 월급쟁이 외에도 다른 많은 사람들을 포함하고 있기 때문에 올바른 설명방식이라고 할 수 없다.

　　둘째, 정의하고자 하는 개념이나 대상으로 정의항에서 설명되어서는 안 된다. 예를 들어 "교양인이란 교양을 가진 사람들을 말한다.", "예술가란 예술을 하는 사람들을 말한다." 라고 정의 했을 때, 정의항에서 피정의항(교양인, 예술인)을 구체적으로 설명하지 못하고 있기 때문에 잘못된 정의라고 할 수 있다.

　　셋째, 정의하고자 하는 대상을 묘사하는 설명방식은 안 된다. 예를 들어 "개는 털을 가진 짐승이다.", "산세베리아는 짙은 녹색을 띠고 있는 화초이다." 등의 묘사는 그 대상의 일부분을 보여줄 뿐, 구체적인 설명방식이 아니다. 다시 말해서 털을 가진 짐승은 개 뿐만 아니라, 대부분의 짐승들이 털을 가지고 있으며, 짙은 녹색을 띠고 있는 화초는 산세베리아 뿐아니라, 대부분의 화초가 녹색이기 때문에 올바른 정의라고 할 수 없다.

　　예문 1) 한국어는 한국에 살고 있는 사람들의 언어이다.

　　　한국어는 ⇒ 피정의항

　　　한국에 살고 있는 사람들의 언어이다 ⇒ 정의항(종차 +유개념)

한국에 살고 있는 사람들의 ⇒ 종차

언어이다 ⇒ 유개념

예문 2) 태극기는 대한민국 국기이다.

태극기는 ⇒ 피정의항

대한민국 국기이다 ⇒ 정의항(종차 + 유개념)

대한민국 ⇒ 종차

국기이다 ⇒ 유개념

(2) 비교·대조

설명하려고 하는 대상들 사이의 유사점이나 다른 점들을 서로 견주어 가면서 설명하는 방식이다. 설명하려고 하는 두 대상은 서로 대등한 관계에 있어야 하며 어느 한 쪽이 종속적인 관계거나 공통적인 특징을 지니고 있지 않다면 비교나 대조는 성립할 수 없다.

대상들 간에 유사점이나 공통점을 들어 설명한다면 비교이고 다른 점들을 들어 설명한다면 대조라고 할 수 있다.

예문 1)

이슬람교와 크리스트교는 모두 일신교인데, 일신교는 다신교와 달리 자기 외부의 신성을 좀처럼 수용하려 들지 않으며 세계를 우리와 그들이라는 이원적 구도로 파악한다. 둘 다 하나의 유일한 신앙을 모든 인간이 추종해야 한다고 주장하면서 보편주의를 내건다. 이교도를 참다운 유일 신앙으로 개종시켜야 할 의무가 신앙인에게 있다고 본다는 점에서 이 둘은 모두 포교에 커다란 비중을 두는 종교이다. 처음부터 이슬람은 정복을 통하여 교세를 넓혔으며 크리스트교도 그런 기회를 마다하지 않았다. '지하드戰士'와 '십자군'이라는 평행선상에 놓인 개념은 서로 유사할 뿐 아니라, 세계의 다른 주요 종교들과 이 두 종교의 차이점을 극명하게 드러낸다. 다른 문명들이 역사를 순환적이거나 정적인 상태로 보는 것과는 달리 이슬람교와 크리스트교는 유대교와 함께 역사를 목적론적으로 이해한다.

–새뮤얼 헌팅턴, 〈문명의 충돌〉

예문 2)

일반적으로 방편수행方便修行의 성격이 인간의 번뇌로 뒤덮인 현실을 통찰하는 것이라면, 정수행正修行의 성격은 인간에 내재하는 본래의 자성 또는 불성에 대한 자각이다. 인간이 지니고 살아가는 고뇌의 원인을 불교에서는 무명이라 한다. 그 무명을 제거해 나아가는 행위가 이념離念의 측면이라면, 그 무명의 실상을 깨치는 것은 무념無念의 측면이다. 무명이라는 것은 무지가 아니다. 인간에게는 살아가는데 필요한 번뇌가 있는데 오히려 그것이 진리의 인식을 가져오는 계기가 되기도 한다.

이와 같은 근거를 토대로 하여 남종 계통의 선법은 당 대 말기에 즉심시불에 대한 잘못된 이해에 대하여 새로운 선 수행이 출현할 소지를 내포하고 있었다. 그것은 시대가 흘러가면서 나타난 갖가지 폐혜와 부작용이 많은 선자들에게 다시금 각성의 계기를 만들어 주기에 충분하였다. 그 가운데 대혜 종고는 당시에 성행하고 있던 선 수행의 부정적인 요소들에 대하여 지적하고 있다. 이것은 출가 수행자뿐만 아니라, 사대부를 중심으로 한 재가인에게까지 적극적으로 파고들어 선법을 널리 보급하려는 일환으로서 선이 일상생활에서 어떤 방식으로 수행되고 터득되어야 하는가에 대하여 고구정녕하게 설한 것이다.

반면 묵조선의 경우는 수행하는 그 자체에 깨침이 있다고 주장하는 것이다. 곧 간화선의 좌선관이 깨치기 위한 수단으로서 어디까지나 깨침을 목적으로 하고 있음에 비하여 묵조선의 좌선은 수단이 아니라 좌선이 깨침이라는 목적 그 자체로서 깨친 자의 좌선이었다. 때문에 묵조선은 좌선 지상주의의 입장이다. 그리하여 간화선의 입장이 수행의 필요성을 강조하는데 비하여 묵조선은 깨침을 위한 수행마저 필요치 않다는 입장이다.

-김호귀, 〈화두와 좌선〉

(3) 분류·구분

여러 가지 대상들 중에서 공통적인 성질에 따라 묶는 것을 분류라 하고 하나의 대상을 여러 가지 성질로 나누는 것을 구분이라 한다. 하위개념에서 상위개념으로 묶는 것을 분류라 하고, 상위개념에서 하위개념으로 나누는 것을 구분이라 한다. 분류의 예를 든다면 〈아비뇽의 처녀들〉, 〈절규〉, 〈진달래 꽃〉, 〈봄처녀〉, 〈꽃〉, 〈그 집앞〉, 〈기억의 고집〉, 〈서시〉, 〈사공의 노래〉등의 대상이 있을 때, 그림, 가곡, 시로 분류할 수 있다.

다시 말해서 〈아비뇽의 처녀들〉, 〈절규〉, 〈기억의 고집〉은 미술로, 〈봄처녀〉, 〈그 집앞〉, 〈사공의 노래〉는 가곡으로, 〈진달래 꽃〉, 〈꽃〉, 〈서시〉는 시로 분류할 수 있다. 또한 구분의 예를 들면, '영화'라는 하나의 대상이 있을 때, 공포영화, 멜로영화, 만화영화, 액션영화 등으로 나눌 수 있다.

예문)

기업연금의 종류는 크게 두 가지로 나뉜다. 확정갹출형DC·Defined Contri butions은 매번 적립하는 갹출금을 확정해 100% 사외위탁하는 것이다. 따라서 지급불능의 우려가 없다. 개인의 구좌(퇴직계정)에 퇴직금이 적립되어 운영되고, 노동자 스스로 선택한 투자수단(예금·주식·채권 등)의 운용수익에 따라 연금급여가 결정된다. 회사는 매번 갹출금을 납부하고 정산하면 그것으로 끝이다. 적립액을 어떤 식으로 투자, 운영할지는 노동자가 책임진다. 물론 안정성을 중시한다면 은행에 맡겨 이자수입만 받고, 고수익을 좇는다면 주식에 투자하고, 예금과 주식, 채권을 섞어서 투자할 수도 있다. 확정갹출형은 회사를 다른 데로 옮기더라도 자신의 구좌를 갖고 다니면서 퇴직금을 계속 적립할 수 있다. 투자수익률이 높으면 확정급부형보다 많은 금액을 받지만 리스크는 노동자가 부담한다.

확정급부형DB·Defined Benefits은 퇴직 때 지급할 연금액을 미리 확정해놓는 것이다. 기금운용은 회사가 하고, 노동자는 맡겨두기만 한다는 점에서 현행 퇴직금 제도와 비슷하다. 확정된 최종 급여액을 기업이 책임지지만 갹출금을 얼마나 부담할지, 어떤 식으로 기금을 적립하고 운영할지는 회사가 알아서 하면 된다. 그러나 확정급부형은 다른 회사로 옮길 경우 기업연금의 연계가 어렵다. 기업이 도산하거나 기금운용 수익률이 낮은 경우에는 사외적립했더라도 약속된 금액을 못 받을 수 있다.

노동자 처지에서 볼 때, 회사가 영속적이고 장기근속하는 대기업과 제조업체는 확정급부형, 회사의 수명이 짧은 첨단산업은 확정갹출형이 유리하다. 또 연공서열적이고 저임금 노동자 직종은 확정급부형, 연봉 위주의 실적급 직종은 확정갹출형이 유리하다.

-조계완, 「확정급부형과 확정갹출형」, 『한겨레21』, 2002.08.01 제419호

(4) 유추

어떤 설명할 수 없는 모호한 대상을 설명하기 쉬운 다른 대상을 통하여 비교하는 방법이다. 즉, 두 대상이 서로 유사점이 많을 경우 잘 알려졌거나 설명하기 쉬운 대상을 통하여 설명하기 어려운 대상을 미루어 짐작하는 설명방식이다.

예문)

화가 난다고 해서 그대로 다 드러낸다면 우리 사는 세상이 아비규환이 될는지도 모른다. 애써 닦아 신은 구두를 누가 질끈 밟았을 때, 차들이 몰려 선 거리에서 무턱대고 끼어드는 운전자를 볼 때, 자기를 싫다고 하는 사람을 볼 때, 자기의 후배가 더 빨리 승진했을 때... 일일이 들기 어려울 정도로 많은 이유로 우리 마음의 평정은 흔들리고 갈등이 야기된다.

그 중에서도 주체할 길이 없을 정도로 화가 나는 일을 어렸을 적부터 우

리는 겪고 자랐다. 별로 대단한 잘못도 아닌, 아니 때로는 잘못한 일도 없이 엄마한테 야단을 맞았을 때, 어른이니 대들지를 못하고 그저 일방적인 꾸짖음으로 난타를 당하고 난 심경이 어떠하였던가?

억울하고, 분하고, 기분 나쁘고, 참을 길이 없고… 그러나 참을 수밖에 없어서 밖으로 나오는데, 속 모르는 검둥이란 녀석이 꼬리를 치며 반길 때, 나도 모르는 사이에 검둥이를 발길로 걷어찬다. "깨갱!" 영문을 모르는 발길질에 비명을 내지르며 도망을 가는 검둥이를 보면서 마음이 조금은 후련하던 기억이 있을 것이다.

이것이 화풀이의 수사학이다.

감히 우리는 이렇게 말 할 수 있다. 문학이란 바로 이 강아지 걷어차기와 같다. 강아지를 걷어찰 이유가 있는 우리들이 글을 쓰고 또 읽는다. 그럴 이유가 없는 사람은 문학을 가까이 하지 않는다.

강아지 걷어차기와 문학 사이에 다른 점이 있다면, 깨갱이라고 비명을 내지르지만, 문학에는 그런 비명이 없다는 차이다. 그것이 화풀이의 구조를 가진 수사학이라는 점에서는 전혀 다를 바 없다.

우리의 삶을 때로 흔들리게 하는 열광이나 통곡, 혹은 환호나 비탄에서부터 가슴 서늘한 어떤 사연에 이르기까지, 그 흔들리는 우리를 세워 주는 언어가 바로 문학이다.

그러기에 문학은 우리 삶의 응어리를 어루만져 주고 찌꺼기를 씻어 내고 멍든 데를 쓰다듬어 평정을 회복케 하는 위안의 묘약이다.

－김대행, 「강아지 걷어차기와 문학하기」

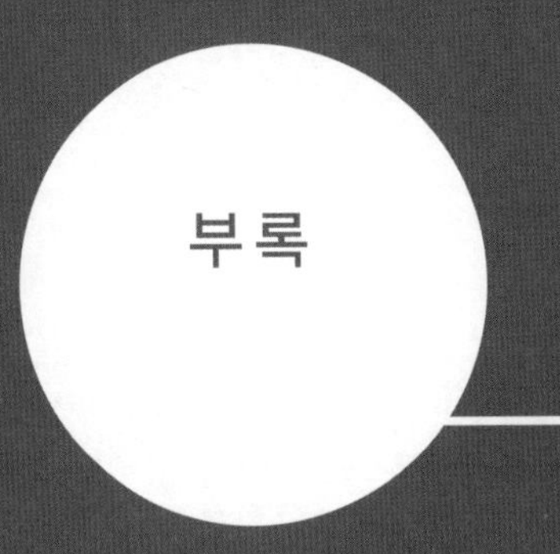
부록

말글살이 배움터

한글 맞춤법

(문교부 고시 제88–1호)

제1장 총 칙

제1항 　한글 맞춤법은 표준어를 소리대로 적되, 어법에 맞도록 함을 원칙으로 한다.

제2항 　문장의 각 단어는 띄어 씀을 원칙으로 한다.

제3항 　외래어는 '외래어 표기법'에 따라 적는다.

제2장 자 모

제4항 　한글 자모의 수는 스물넉 자로 하고, 그 순서와 이름은 다음과 같이 정한다.

ㄱ(기역)	ㄴ(니은)	ㄷ(디귿)	ㄹ(리을)	ㅁ(미음)
ㅂ(비읍)	ㅅ(시옷)	ㅇ(이응)	ㅈ(지읒)	ㅊ(치읓)
ㅋ(키읔)	ㅌ(티읕)	ㅍ(피읖)	ㅎ(히읗)	
ㅏ(아)	ㅑ(야)	ㅓ(어)	ㅕ(여)	ㅗ(오)
ㅛ(요)	ㅜ(우)	ㅠ(유)	ㅡ(으)	ㅣ(이)

[붙임 1] 위의 자모로써 적을 수 없는 소리는 두 개 이상의 자모를 어울러 서 적되, 그 순서와 이름은 다음과 같이 정한다.

ㄲ(쌍기역)   ㄸ(쌍디귿)   ㅃ(쌍비읍)   ㅆ(쌍시옷)

ㅉ(쌍지읒)   ㅐ(애)   ㅒ(애)   ㅔ(에)

ㅖ(예)   ㅘ(와)   ㅙ(왜)   ㅚ(외)

ㅝ(워)   ㅞ(웨)   ㅟ(위)   ㅢ(의)

[**붙임 2**] 사전에 올릴 적의 자모 순서는 다음과 같이 정한다.

자음 ㄱ ㄲ ㄴ ㄷ ㄸ ㄹ ㅁ ㅂ ㅃ ㅅ ㅆ ㅇ ㅈ ㅉ ㅊ ㅋ ㅌ ㅍ ㅎ

모음 ㅏ ㅐ ㅑ ㅒ ㅓ ㅔ ㅕ ㅖ ㅗ ㅘ ㅙ ㅚ ㅛ ㅜ ㅝ ㅞ ㅟ ㅠ ㅡ ㅢ ㅣ

 ## 제3장   소리에 관한 것

제1절 된소리

제5항   한 단어 안에서 뚜렷한 까닭 없이 나는 된소리는 다음 음절의 첫소리를
된소리로 적는다.

1. 두 모음 사이에서 나는 된소리

소쩍새	어깨	오빠	으뜸	아끼다
기쁘다	깨끗하다	어떠하다	해쓱하다	거꾸로
부석	어찌	이따금		

2. 'ㄴ, ㄹ, ㅁ, ㅇ' 받침 뒤에서 나는 된소리

산뜻하다	잔뜩	살짝	훨씬	담뿍
움찔	몽땅	엉뚱하다		

다만, 'ㄱ, ㅂ' 받침 뒤에서 나는 된소리는, 같은 음절이나 비슷한 음절이

겹쳐 나는 경우가 아니면 된소리로 적지 아니한다.

국수	깍두기	딱지	색시	싹둑(~싹둑)
법석	갑자기	몹시		

제2절 구개음화

제6항 'ㄷ,ㅌ'받침 뒤에 종속적 관계를 가진 '-이(-)'나 '-히-'가 올 적에는 그 'ㄷ,ㅌ'이 'ㅈ,ㅊ'으로 소리나더라도 'ㄷ,ㅌ'으로 적는다. (ㄱ을 취하고, ㄴ을 버림.)

ㄱ	ㄴ	ㄱ	ㄴ	ㄱ	ㄴ
맏이	마지	해돋이	해도지	걷히다	거치다
굳이	구지	닫히다	다치다	핥이다	할치다
같이	가치	묻히다	무치다	끝이	끄치

제3절 'ㄷ' 소리 받침

제7항 'ㄷ' 소리로 나는 받침 중에서 'ㄷ'으로 적을 근거가 없는 것은 'ㅅ'으로 적는다.

덧저고리	돗자리	엇셈	웃어른	핫옷
무릇	사뭇	얼핏	자칫하면	뭇[衆]
옛	첫	헛		

제4절 모음

제8항 '계, 례, 몌, 폐, 혜'의 'ㅖ'는 'ㅔ'로 소리나는 경우가 있더라도 'ㅖ'로 적는다. (ㄱ을 취하고, ㄴ을 버림.)

ㄱ	ㄴ		ㄱ	ㄴ
계수(桂樹)	게수		혜택(惠澤)	헤택

사례(謝禮)	사레	계집	게집
연몌(連袂)	연메	핑계	핑게
폐품(廢品)	페품	계시다	게시다

다만, 다음 말은 본음대로 적는다.

게송(偈頌)　　게시판(揭示板)　　휴게실(休憩室)

제9항　'의'나, 자음을 첫소리로 가지고 있는 음절의 'ㅢ'는 'ㅣ'로 소리 나는 경우가 있더라도 'ㅢ'로 적는다. (ㄱ을 취하고 ㄴ을 버림.)

ㄱ	ㄴ	ㄱ	ㄴ
의의(意義)	의이	큼	닁큼
본의(本義)	본이	띄어쓰기	띠어쓰기
무늬[紋]	무니	씌어	씨어
보늬	보니	틔어	티어
오늬	오니	희망(希望)	히망
하늬바람	하니바람	희다	히다
닁리리	닐리리	유희(遊戲)	유히

제5절 두음 법칙

제10항　한자음 '녀, 뇨, 뉴, 니'가 단어 첫머리에 올 적에는 두음 법칙에 따라 '여, 요, 유, 이'로 적는다. (ㄱ을 취하고 ㄴ을 버림.)

ㄱ	ㄴ	ㄱ	ㄴ
여자(女子)	녀자	유대(紐帶)	뉴대
연세(年歲)	년세	이토(泥土)	니토
요소(尿素)	뇨소	익명(匿名)	닉명

다만, 다음과 같은 의존 명사에서는 '냐, 녀' 음을 인정한다.

 냥(兩)   냥쭝(兩-)   년(年)(몇 년)

[붙임 1] 단어의 첫머리 이외의 경우에는 본음대로 적는다.

 남녀(男女)   당뇨(糖尿)   결뉴(結紐)   은닉(隱匿)

[붙임 2] 접두사처럼 쓰이는 한자가 붙어서 된 말이나 합성어에서, 뒷말
의 첫소리가 'ㄴ' 소리로 나더라도 두음 법칙에 따라 적는다.

 신여성(新女性)   공염불(空念佛)   남존여비(男尊女卑)

[붙임 3] 둘 이상의 단어로 이루어진 고유 명사를 붙여 쓰는 경우에도 붙
임2에 준하여 적는다.

 한국여자대학   대한요소비료회사

제11항   한자음 '랴, 려, 례, 료, 류, 리'가 단어의 첫머리에 올 적에는 두음 법칙에
따라 '야, 여, 예, 요, 유, 이'로 적는다. (ㄱ을 취하고 ㄴ을 버림.)

ㄱ	ㄴ		ㄱ	ㄴ
양심(良心)	량심		용궁(龍宮)	룡궁
역사(歷史)	력사		유행(流行)	류행
예의(禮儀	례의		이발(理髮)	리발

다만, 다음과 같은 의존 명사는 본음대로 적는다.

 리(里) : 몇 리냐?

 리(理) : 그럴 리가 없다.

[**붙임 1**] 단어의 첫머리 이외의 경우에는 본음대로 적는다.

개량(改良)　　선량(善良)　　수력(水力)　　협력(協力)　　사례(謝禮)

혼례(婚禮)　　와룡(臥龍)　　쌍룡(雙龍)　　하류(下流)　　급류(急流)

도리(道理)　　진리(眞理)

다만, 모음이나 'ㄴ' 받침 뒤에 이어지는 '렬', '률'은 '열', '율'로 적는다.
(ㄱ을 취하고 ㄴ을 버림.)

ㄱ	ㄴ	ㄱ	ㄴ
나열(羅列)	나렬	분열(分裂)	분렬
치열(齒列)	치렬	선열(先烈)	선렬
비열(卑劣)	비렬	진열(陳列)	진렬
규율(規律)	규률	선율(旋律)	선률
비율(比率)	비률	전율(戰慄)	전률
실패율(失敗率)	실패률	백분율(百分率)	백분률

[**붙임 2**] 외자로 된 이름을 성에 붙여 쓸 경우에도 본음대로 적을 수 있다.

신립(申砬)　　　　최린(崔麟)　　　　채륜(蔡倫)　　　　하륜(河崙)

[**붙임 3**] 준말에서 본음으로 소리나는 것은 본음대로 적는다.

국련(국제연합)　　　　　　　　대한교련(대한교육연합회)

[**붙임 4**] 접두사처럼 쓰이한 한자가 붙어서 된 말이나 합성어에서 뒷말의
첫소리가 'ㄴ' 또는 'ㄹ' 소리가 나더라도 두음법칙에 따라 적는다.

역이용(逆利用)　　연이율(年利率)　　열역학(熱力學)　　해외여행(海外旅行)

[**붙임 5**] 둘 이상의 단어로 이루어진 고유 명사를 붙여 쓰는 경우나 십진법에 따라 쓰는 수(數)도 붙임 4에 준하여 적는다.

    서울여관   신흥이발관   육천육백육십육(六千六白六十六)

제12항 한자음 '라, 래, 로, 뢰, 루, 르'가 단어의 첫머리에 올 적에는 두음 법칙에 따라 '나, 내, 노, 뇌, 누, 느'로 적는다. (ㄱ을 취하고 ㄴ을 버림.)

ㄱ	ㄴ	ㄱ	ㄴ
낙원(樂園)	락원	뇌성(雷聲)	뢰성
내일(來日)	래일	누각(樓閣)	루각
노인(老人)	로인	능묘(陵墓)	릉묘

[**붙임 1**] 단어의 첫머리 이외의 경우는 본음대로 적는다.

쾌락(快樂)	극락(極樂)	거래(去來)	왕래(往來)
부로(父老)	연로(年老)	지뢰(地雷)	낙뢰(落雷)
고루(高樓)	광한루(廣寒樓)	동구릉(東九陵)	가정란(家庭欄)

[**붙임 2**] 접두사처럼 쓰이는 한자가 붙어서 된 단어는 뒷말을 두음 법칙에 따라 적는다.

    내내월(來來月)   상노인(上老人)   중노동(重勞動)   비논리적(非論理的)

제6절 겹쳐 나는 소리

제13항 한 단어 안에서 같은 음절이나 비슷한 음절이 겹쳐 나는 부분은 같은 글자로 적는다. (ㄱ을 취하고 ㄴ을 버림.)

ㄱ	ㄴ	ㄱ	ㄴ
딱딱	딱닥	꼿꼿하다	꼿곳하다

쌕쌕	쌕색	놀놀하다	놀롤하다
씩씩	씩식	눅눅하다	능눅하다
똑딱똑딱	똑닥똑닥	밋밋하다	민밋하다
쓱싹쓱싹	쓱삭쓱삭	싹싹하다	싹삭하다
연연불망(戀戀不忘) 연련불망		쌉쌀하다	쌉살하다
유유상종(類類相從) 유류상종		씁쓸하다	씁슬하다
누누이(屢屢-) 누루이		짭짤하다	짭잘하다

 **제4장   형태에 관한 것**

제1절 체언과 조사

제14항　체언은 조사와 구별하여 적는다.

떡이	떡을	떡에	떡도	떡만
손이	손을	손에	손도	손만
팔이	팔을	팔에	팔도	팔만
밤이	밤을	밤에	밤도	밤만
집이	집을	집에	집도	집만
옷이	옷을	옷에	옷도	옷만
콩이	콩을	콩에	콩도	콩만
낮이	낮을	낮에	낮도	낮만
꽃이	꽃을	꽃에	꽃도	꽃만
밭이	밭을	밭에	밭도	밭만
앞이	앞을	앞에	앞도	앞만
밖이	밖을	밖에	밖도	밖만

넋이	넋을	넋에	넋도	넋만
흙이	흙을	흙에	흙도	흙만
삶이	삶을	삶에	삶도	삶만
여덟이	여덟을	여덟에	여덟도	여덟만
곬이	곬을	곬에	곬도	곬만
값이	값을	값에	값도	값만

제2절 어간과 어미

제15항 용언의 어간과 어미는 구별하여 적는다.

먹다	먹고	먹어	먹으니
신다	신고	신어	신으니
믿다	믿고	믿어	믿으니
울다	울고	울어	(우니)
넘다	넘고	넘어	넘으니
입다	입고	입어	입으니
웃다	웃고	웃어	웃으니
찾다	찾고	찾아	찾으니
좇다	좇고	좇아	좇으니
같다	같고	같아	같으니
높다	높고	높아	높으니
좋다	좋고	좋아	좋으니
깎다	깎곳	깎아	깎으니
앉다	앉고	앉아	앉으니
많다	많고	많아	많으니
늙다	늙고	늙어	늙으니

젊다	젊고	젊어	젊으니
넓다	넓고	넓어	넓으니
훑다	훑고	훑어	훑으니
읊다	읊고	읊어	읊으니
옳다	옳고	옳아	옳으니
없다	없고	없어	없으니
있다	있고	있어	있으니

[붙임 1] 두 개의 용언이 어울려 한 개의 용언이 될 적에, 앞말의 본뜻이 유지되고 있는 것은 그 원형을 밝히어 적고, 그 본뜻에서 멀어진 것은 밝히어 적지 아니한다.

(1) 앞말의 본뜻이 유지되고 있는 것

넘어지다	늘어나다	늘어지다	돌아가다	되짚어가다
들어가다	떨어지다	벌어지다	엎어지다	접어들다
틀어지다	흩어지다			

(2) 본뜻에서 멀어진 것

| 드러나다 | 사라지다 | 쓰러지다 |

[붙임 2] 종결형에서 사용되는 어미 '-오'는 '요'로 소리나는 경우가 있더라도 그 원형을 밝혀 '오'로 적는다. (ㄱ을 취하고 ㄴ을 버림.)

ㄱ	ㄴ
이것은 책이오.	이것은 책이요.
이리로 오시오.	이리로 오시요.
이것은 책이 아니오.	이것은 책이 아니요.

[붙임 3] 연결형에서 사용되는 '이요'는 '이요'로 적는다. (ㄱ을 취하고 ㄴ을 버림.)

ㄱ	ㄴ
이것은 책이요, 저것은 붓이요, 또 저것은 먹이다.	이것은 책이오, 저것은 붓이오, 또 저것은 먹이다.

제16항 어간의 끝음절 모음이 'ㅏ, ㅗ'일 때에는 어미를 '-아'로 적고, 그 밖의 모음일 때에는 '-어'로 적는다.

1. '-아'로 적는 경우

나아	나아도	나아서
막아	막아도	막아서
얇아	얇아	얇아서
돌아	돌아도	돌아서
보아	보아도	보아서

2. '-어'로 적는 경우

개어	개어도	개어서
겪어	겪어도	겪어서
되어	되어도	되어서
베어	베어도	베어서
쉬어	쉬어도	쉬어서
저어	저어도	저어서
주어	주어도	주어서
피어	피어도	피어서
희어	희어도	희어서

제17항　어미 뒤에 덧붙는 조사 '-요'는 '-요'로 적는다.

　　　　　읽어　　　　　읽어요

　　　　　참으리　　　　참으리요

　　　　　좋지　　　　　좋지요

제18항　다음과 같은 용언들은 어미가 바뀔 경우, 그 어간이나 어미가 원칙에 벗어나면 벗어나는 대로 적는다.

　　1. 어간의 ㄱ 'ㄹ'이 줄어질 적

　　　　갈다:　　가니　　　　간　　　　갑니다　　　가시다　　가오

　　　　놀다:　　노니　　　　논　　　　놉니다　　　노시다　　노오

　　　　불다:　　부니　　　　분　　　　붑니다　　　부시다　　부오

　　　　둥글다:　둥그니　　　둥근　　　둥급니다　　둥그시다　둥그오

　　　　어질다:　어지니　　　어진　　　어집니다　　어지시다　어지오

　　　　[붙임] 다음과 같은 말에서도 'ㄹ'이 준 대로 적는다.

　　　　마지못하다　　마지않다　　　(하)다마다　　　(하)자마자

　　2. 어간의 끝 'ㅅ'이 줄어질 적

　　　　긋다:　　　그어　　　　그으　　　　그었다

　　　　낫다:　　　나아　　　　나으니　　　나았다

　　　　잇다:　　　이어　　　　이으니　　　이었다

　　　　짓다:　　　지어　　　　지으니　　　지었다.

　　　　(하)지마라　　(하)지마(아)

3. 어간의 끝 'ㅎ'이 줄어질 적

   그렇다: 그러니   그럴   그러면   그럽니다   그러오
   까맣다: 까마니   까말   까마면   까맙니다   까마오
   동그랗다: 동그라니   동그랄   동그라면   동그랍니다 동그라오
   퍼렇다: 퍼러니   퍼럴   퍼러면   퍼럽니다   퍼러오
   하얗다: 하야니   하얄   하야면   하얍니다   하야오

4. 어간의 끝 'ㅜ, ㅡ'가 줄어질 적

   푸다: 퍼   펐다
   끄다: 꺼   껐다
   담그다: 담가   담갔다
   따르다: 따라   따랐다
   뜨다: 떠   떴다
   크다: 커   컸다
   고프다: 고파   고팠다
   바쁘다: 바빠   바빴다

5. 어간의 끝 'ㄷ'이 'ㄹ'로 바뀔 적

   걷다(步):   걸어   걸으니   걸었다
   듣다(聽):   들어   들으니   들었다
   묻다(問):   물어   물으니   물었다
   싣다(載):   실어   실으니   실었다

6. 어간의 끝 'ㅂ'이 'ㅜ'로 바뀔 적

   깁다: 기워   기우니   기웠다

굽다(炙):	구워	구우니	구웠다
괴롭다:	괴로워	괴로우니	괴로웠다
맵다:	매워	매우니	매웠다
무겁다:	무거워	무거우니	무거웠다
밉다:	미워	미우니	미웠다
쉽다:	쉬워	쉬우니	쉬웠다

다만, '돕-, 곱-'과 같은 단음절 어간에 어미 '아-'가 결합되어 '와'로 소리나는 것은 '-와'로 적는다.

| 돕다(助): | 도와 | 도와서 | 도와도 | 도왔다 |
| 곱다(麗): | 고와 | 고와서 | 고와도 | 고왔다 |

7. '하다'의 어미 활용에서 어미 '-아'가 '-여'로 바뀔 적

| 하다: | 하여 | 하여서 | 하여도 | 하여라 | 하였다 |

8. 어간의 끝음절 '르' 뒤에 오는 어미 '-어'가 '-러'로 바뀔 적

이르다(至):	이르러	이르렀다
노르다:	노르러	노르렀다
누르다:	누르러	누르렀다
푸르다:	푸르러	푸르렀다

9. 어간의 끝음절 '르'의 '_'가 줄고, 그 위에 오는 어미 '-아/-어'가 '-라/-러'로 바뀔 적

| 가르다: | 갈라 | 갈랐다 |
| 거르다: | 걸러 | 걸렀다 |

구르다: 굴러   굴렀다

벼르다: 별러   별렀다

부르다: 불러   불렀다

오르다: 올라   올랐다

이르다: 일러   일렀다

지르다: 질러   질렀다

제19항 어간에 '-이'나 '-음/-ㅁ'이 붙어서 명사로 된 것과 '-이'나 '-히'가 붙어
서 부사로 된 것은 그 어간의 원형을 밝히어 적는다.

1. '-이'가 붙어서 명사로 된 것

길이	깊이	높이	다듬이	땀받이	달맞이
먹이	미닫이	벌이	벼훑이	살림살이	쇠붙이

2. '-음/-ㅁ'이 붙어서 명사로 된 것

걸음	묶음	믿음	얼음	엮음	울음
웃음	졸음	죽음	앎	만듦	

3. '-이'가 붙어서 부사로 된 것

같이	굳이	길이	높이	많이	실없이	좋이	짓궂이

4. '-히'가 붙어서 부사로 된 것

밝히	익히	작히

다만, 어간에 '-이'나 '-음'이 붙어서 명사로 바뀐 것이라도 그 어간의 뜻

과 멀어진 것은 그 원형을 밝히어 적지 아니한다.

굽도리   다리(笙)   목거리(목병)   무녀리

코끼리   거름(비료)   고름(膿)   노름(도박)

[붙임] 어간에 '-이'나 '음'이외의 모음으로 시작된 접미사가 붙어서 다른 품사로 바뀐 것은 그 어간의 원형을 밝히어 적지 아니한다.

(1) 명사로 바뀐 것

귀머거리   까마귀   너머   뜨더귀   마감   마개
마중   무덤   비렁뱅이   쓰레기   올가미   주검

(2) 부사로 바뀐 것

거뭇거뭇   너무   도로   뜨덤뜨덤   바투   불긋불긋
비로소   오긋오긋   자주   차마

(3) 조사로 바뀌어 뜻이 달라진 것

나마   부터   조차

제20항   명사 뒤에 '-이'가 붙어서 된 말은 그 명사의 원형을 밝히어 적는다.

1. 부사로 된 것

곳곳이   낱낱이   몫몫이   샅샅이   앞앞이   집집이

2. 명사로 된 것

곰배팔이   바둑이   삼발이   애꾸눈이   육손이   절뚝발이/절름발이

[붙임] '-이' 이외의 모음으로 시작된 접미사가 붙어서 된 말은 그 명사의

원형을 밝히어 적지 아니한다.

꼬락서니　끄트머리　모가치　바가지　바깥　사타구니

싸라기　이파리　지붕　지푸라기　짜개

제21항　명사나 혹은 용언의 어간 뒤에 자음으로 시작된 접미사가 붙어서 된 말은 그 명사나 어간의 원형을 밝히어 적는다.

1. 명사 뒤에 자음으로 시작된 접미사가 붙어서 된 것

값지다　홑지다　넋두리　빛깔　옆댕이　잎사귀

2. 어간 뒤에 자음으로 시작된 접미사가 붙어서 된 것

낚시　늙정이　덮개　뜨게질　갉작갉작하다

갉작거리다　뜯적거리다　뜯적뜯적하다 굵다랗다　굵직하다

깊숙하다　넓적하다　높다랗다　늙수그레하다 얽죽얽죽하다

다만, 다음과 같은 말은 소리대로 적는다.

(1) 겹받침의 끝소리가 드러나지 아니하는 것

할짝거리다　널따랗다　널찍하다　말끔하다　말쑥하다

말짱하다　실쭉하다　실큼하다　얄따랗다　얄팍하다

짤따랗다　짤막하다　실컷

(2) 어원이 분명하지 아니하거나 본뜻에서 멀어진 것

넙치　올무　골막하다　납작하다

제22항　용언의 어간에 다음과 같은 접미사들이 붙어서 이루어진 말들은 그 어간을 밝히어 적는다.

1. '-기-, -리-, -이-, -히-, -구-, -우-, -추-, -으키-, -이키-, -애-'가 붙는 것

맡기다	옮기다	웃기다	쫓기다	뚫리다	울리다
낚이다	쌓이다	핥이다	굳히다	굽히다	넓히다
앉히다	얽히다	잡히다	돋구다	솟구다	돋우다
갖추다	곧추다	맞추다	일으키다	돌이키다	없애다

다만, '-이-, -히-, -우-'가 붙어서 된 말이라도 본뜻에서 멀어진 것은 소리대로 적는다.

도리다(칼로 ~)	드리다(용돈을 ~)	고치다	바치다(세금을 ~)
부치다(편지를 ~)	거두다	미루다	이루다

2. '-치-, -뜨리-, -트리-'가 붙는 것

놓치다	덮치다	떠받치다	받치다	밭치다	부딪치다
뻗치다	엎치다	부딪뜨리다/부딪트리다		쏟뜨리다/쏟트리다	
젖뜨리다/젖트리다		찢뜨리다/찢트리다		흩뜨리다/흩트리다	

[붙임] '-업-, -읍-, -브-'가 붙어서 된 말은 소리대로 적는다.

미덥다	우습다	미쁘다

제23항　'-하다'나 '-거리다'가 붙는 어근에 '-이'가 붙어서 명사가 된 것은 그 원형을 밝히어 적는다. (ㄱ을 취하고 ㄴ을 버림.)

ㄱ	ㄴ
깔쭉이	깔쭈기
꿀꿀이	꿀구리

눈깜짝이	눈깜짜기
더펄이	더퍼리
배불뚝이	배불뚜기
삐죽이	삐주기
살살이	살사리
쌕쌕이	쌕쌔기
오뚝이	오뚜기
코납작이	코납자기
푸석이	푸서기
홀쭉이	홀쭈기

[붙임] '-하다'나 '-거리다'가 붙을 수 없는 어근에 '-이'나 또는 다른 모음으로 시작되는 접미사가 붙어서 명사가 된 것은 그 원형을 밝히어 적지 아니한다.

개구리	귀뚜라미	기러기	깍두기	꽹과리	날라리
누더기	동그라미	두드러기	딱따구리	매미	부스러기
뻐꾸기	얼루기	칼싹두기			

제24항   '-거리다'가 붙을 수 있는 시늉말 어근에 '-이다'가 붙어서 된 용언은 그 어근을 밝히어 적는다. (ㄱ을 취하고 ㄴ을 버림.)

ㄱ	ㄴ
깜짝이다	깜짜기다
꾸벅이다	꾸버기다
끄덕이다	끄더기다
뒤척이다	뒤처기다

들먹이다	들머기다
망설이다	망서리다
번득이다	번드기다
번쩍이다	번쩌기다
속삭이다	속사기다
숙덕이다	숙더기다
울먹이다	울머기다
움직이다	움지기다
지껄이다	지꺼리다
퍼덕이다	퍼더기다
허덕이다	허더기다
헐떡이다	헐떠기다

제25항　'-하다'가 붙는 어근에 '-히'나 '-이'가 붙어서 부사가 되거나, 부사에 '-이'가 붙어서 뜻을 더하는 경우에는 그 어근이나 부사의 원형을 밝히어 적는다.

1. '-하다'가 붙는 어근에 '-히'나 '-이'가 붙는 경우

   급히　　꾸준히　　도저히　　딱히　　　어렴풋이　깨끗이

   [붙임] '-하다'가 붙지 않는 경우에는 반드시 소리대로 적는다

   갑자기　　반드시(꼭)　슬며시

2. 부사에 '-이'가 붙어서 역시 부사가 되는 경우

   곰곰이　더욱　　생긋이　오뚝이　　일찍이　　해죽이

제26항 '-하다'나 '- 없다'가 붙어서 된 용언은 그 '-하다'나 '없다'를 밝히어 적는다.

　　1. '-하다'가 붙어서 용언이 된 것

　　　딱하다　　숱하다　　　착하다　　　텁텁하다　　푹하다

　　2. '-없다'가 붙어서 용언이 된 것

　　　부질없다　　　상없다　　　　시름없다　　　열없다　　　　하염없다

제4절 합성어 및 접두사가 붙은 말

제27항　둘 이상의 단어가 어울리거나 접두사가 붙어서 이루어진 말은 각각 그
　　　　원형을 밝히어 적는다.

국말이	꺾꽂이	꽃잎	끝장	물난리
밑천	부엌일	싫증	옷안	웃옷
젖몸살	첫아들	칼날	팥알	헛웃음
홀아비	홀몸	흙내		
값없다	겉늙다	굶주리다	낮잡다	맞먹다
받내다	벋놓다	빗나가다	빛나다	새파랗다
샛노랗다	시꺼멓다	싯누렇다	엇나가다	엎누르다
엿듣다	옻오르다	짓이기다	헛되다	

[붙임 1] 어원은 분명하나 소리만 특이하게 변한 것은 변한 대로 적는다.
　　할아버지　　　할아범

[붙임 2] 어원이 분명하지 아니한 것은 원형을 밝히어 적지 아니한다.
　　골병　　　골탕　　　끌탕　　　며칠　　　아재비　　오라비
　　업신여기다　　　　　부리나케

[붙임 3] '이[齒, 蝨]'가 합성어나 이에 준하는 말에서 '니' 또는 '리'로 소리
날 때에는 '니'로 적는다.

| 간니 | 덧니 | 사랑니 | 송곳니 | 앞니 | 어금니 |
| 윗니 | 젖니 | 톱니 | 틀니 | 가랑니 | 머릿니 |

제28항 끝소리가 'ㄹ'인 말과 딴 말이 어울릴 적에 'ㄹ' 소리가 나지 아니하는 것
은 아니 나는 대로 적는다.

다달이(달-달-이)	따님(딸-님)	마되(말-되)
마소(말-소)	무자위(물-자위)	바느질(바늘-질)
부나비(불-나비)	부삽(불-삽)	부손(불-손)
소나무(솔-나무)	싸전(쌀-전)	여닫이(열-닫이)
우짖다(울-짖다)	화살(활-살)	

제29항 끝소리가 'ㄹ'인 말과 딴 말이 어울릴 적에 'ㄹ' 소리가 'ㄷ' 소리로 나는 것
은 'ㄷ'으로 적는다.

반짇고리(바느질~)	사흗날(사흘~)	삼짇날(삼짇~)	섣달(설~)
숟가락(술~)	이튿날(이틀~)	잔주름(잘~)	푿소(풀~)
섣부르다(설~)	잗다듬다(잘~)	잗다랗다(잘~)	

제30항 사이시옷은 다음과 같은 경우에 받치어 적는다.

1. 순 우리말로 된 합성어로서 앞말이 모음으로 끝난 경우

(1) 뒷말의 첫소리가 된소리로 나는 것

고랫재	귓밥	나룻배	나뭇가지	냇가	댓가지
뒷갈망	맷돌	머릿기름	모깃불	못자리	바닷가
뱃길	볏가리	부싯돌	선짓국	쇳조각	아랫집

우렁잇속　잇자국　　잿더미　　조갯살　　찻집　　챗바퀴
킷값　　　팟대　　　햇　　　　횟바늘

(2) 뒷말의 첫소리 'ㄴ, ㅁ' 앞에서 'ㄴ' 소리가 덧나는 것

멧나물　　　아랫니　　　텃마당　　　아랫마을　　뒷머리 잇몸
깻묵　　　　냇물　　　　빗물

(3) 뒷말의 첫소리 모음 앞에서 'ㄴㄴ'소리가 덧나는 것

도리깻열　　뒷윷　　　　두렛일　　　뒷일　　　　뒷입맛
베갯잇　　　욧잇　　　　깻잎　　　　나뭇잎　　　댓잎

2. 순 우리말과 한자어로 된 합성어로서 앞말이 모음으로 끝난 경우

　(1) 뒷말의 첫소리가 된소리로 나는 것

　　귓병　　　　머릿방　　　뱃병　　　　봇둑　　　　사잣밥
　　샛강　　　　아랫방　　　자릿세　　　전셋집　　　찻잔
　　찻종　　　　촛국　　　　콧병　　　　탯줄　　　　텃세
　　팻기　　　　햇수　　　　횟가루　　　횟배

　(2) 뒷말의 첫소리 'ㄴ, ㅁ' 앞에서 'ㄴ' 소리가 덧나는 것

　　곗날　　　　제삿날　　　훗날　　　　툇마루　　　양칫물

　(3) 뒷말의 첫소리 모음 앞에서 'ㄴㄴ'소리가 덧나는 것

　　가욋일　　　사삿일　　　예삿일　　　훗일

3. 두 음절로 된 다음 한자어

곳간(庫間) 셋방(貰房)　숫자(數字) 찻간(車間)　툇간(退間) 횟수(回數)

제31항　두 말이 어울릴 적에 'ㅂ' 소리나 'ㅎ' 소리가 덧나는 것은 소리대로 적는다.

1. 'ㅂ' 소리가 덧나는 것

댑싸리(대ㅂ싸리)	멥쌀(메ㅂ쌀)	볍씨(벼ㅂ씨)
입때(이ㅂ때)	입쌀(이ㅂ쌀)	접때(저ㅂ때)
좁쌀(조ㅂ쌀)	햅쌀(해ㅂ쌀)	

2. 'ㅎ' 소리가 덧나는 것

머리카락(머리ㅎ가락)	살코기(살ㅎ고기)	수캐(수ㅎ개)
수컷(수ㅎ것)	수탉(수ㅎ닭)	안팎(안ㅎ밖)
암캐(암ㅎ개)	암컷(암ㅎ것)	암탉(암ㅎ닭)

제5절 준 말

제32항　단어의 끝모음이 줄어지고 자음만 남은 것은 그 앞의 음절에 받침으로 적는다.

(본말)	(준말)
기러기야	기럭아
어제그저께	엊그저께
어제저녁	엊저녁
온가지	온갖
가지고, 가지지	갖고, 갖지
디디고, 디디지	딛고, 딛지

제33항 체언과 조사가 어울려 줄어지는 경우에는 준 대로 적는다.

(본말)	(준말)
그것은	그건
그것이	그게
그것으로	그걸로
나는	난
나를	날
너는	넌
너를	널
무엇을	무얼/뭘
무엇이	뭣이/무에

제34항 모음 'ㅏ, ㅓ'로 끝난 어간에 '-아/-어, -았-/-었-'이 어울릴 적에는 준 대로 적는다.

(본말)	(준말)	(본말)	(준말)
가아	가	가았다	갔다
나아	나	나았다	났다
타아	타	타았다	탔다
서어	서	서었다	섰다
켜어	켜	켜었다	켰다
펴어	펴	펴었다	폈다

[붙임 1] 'ㅐ, ㅔ' 뒤에 '-어, -었-'이 어울려 줄 적에는 준 대로 적는다.

(본말)	(준말)	(본말)	(준말)
개어	개	개었다	갰다

내어	내	내었다	냈다
베어	베	베었다	벴다
세어	세	세었다	셌다

[붙임 2] '하여'가 한 음절로 줄어서 '해'로 될 적에는 준 대로 적는다.

(본말)	(준말)	(본말)	(준말)
하여	해	하였다	했다
더하여	더해	더하였다	더했다
흔하여	흔해	흔하였다	흔했다

제35항 모음 'ㅗ, ㅜ'로 끝난 어간에 '-아/-어, -았-/-었-'이 어울려 'ㅘ/ㅝ, ㅙ/ㅞ'으로 될 때에는 준 대로 적는다.

(본말)	(준말)	(본말)	(준말)
꼬아	꽈	꼬았다	꽜다
보아	봐	보았다	봤다
쏘아	쏴	쏘았다	쐈다
두어	둬	두었다	뒀다
쑤어	쒀	쑤었다	쒔다
주어	줘	주었다	줬다

[붙임 1] '놓아'가 '놔'로 줄 적에는 준 대로 적는다.

[붙임 2] 'ㅚ' 뒤에 '-어, -었-'이 어울려 'ㅙ, 괬'으로 될 적에도 준 대로 적는다.

(본말)	(준말)	(본말)	(준말)
괴어	괘	괴었다	괬다

되어	돼	되었다	됐다
뵈어	봬	뵈었다	뵀다
쇠어	쇄	쇠었다	쇘다
씌어	쐐	씌었다	쐤다

제36항 'ㅣ' 뒤에 '-어'가 와서 'ㅕ'로 줄 적에는 준 대로 적는다.

(본말)	(준말)	(본말)	(준말)
가지어	가져	가지었다	가졌다
견디어	견뎌	견디었다	견뎠다
다니어	다녀	다니었다	다녔다
막히어	막혀	막히었다	막혔다
버티어	버텨	버티었다	버텼다
치이어	치여	치이었다	치였다

제37항 'ㅏ, ㅕ, ㅗ, ㅜ, ㅡ'로 끝난 어간에 '-이-'가 와서 각각 'ㅐ, ㅖ, ㅚ, ㅟ, ㅢ'로 줄 적에는 준 대로 적는다.

(본말)	(준말)	(본말)	(준말)
싸이다	쌔다	펴이다	폐다
보이다	뵈다	누이다	뉘다
뜨이다	띄다	쓰이다	씌다

제38항 'ㅏ, ㅗ, ㅜ, ㅡ' 뒤에 '-이어'가 어울려 줄어질 적에는 준 대로 적는다.

(본말)	(준말)	
싸이어	쌔여	싸여
보이어	뵈어	보여

쏘이어	쐬어	쏘여
누이어	뉘어	누여
뜨이어	띄어	
쓰이어	씌어	쓰여
트이어	틔어	트여

제39항 이미 '-지' 뒤에 '않-'이 어울려 '-잖-'이 될 적과 '-하지' 뒤에 '않-'이 어울려 '찮-'이 될 적에는 준 대로 적는다.

(본말)	(준말)
그렇지 않은	그렇잖은
적지 않은	적잖은
만만하지 않다	만만찮다
변변하지 않다	변변찮다

제40항 어간의 끝음절 '하'의 'ㅏ'가 줄고 'ㅎ'이 다음 음절의 첫 소리와 어울려 거센소리로 될 적에는 거센소리로 적는다.

(본말)	(준말)
간편하게	간편케
연구하도록	연구토록
가하다	가타
다정하다	다정타
정결하다	정결타
흔하다	흔타

[**붙임** 1] 'ㅎ'이 어간의 끝소리로 굳어진 것은 받침으로 적는다.

않다	않고	않지	않든지
그렇다	그렇고	그렇지	그렇든지
아무렇다	아무렇고	아무렇지	아무렇든지
어떻다	어떻고	어떻지	어떻든지
이렇다	이렇고	이렇지	이렇든지
저렇다	저렇고	저렇지	저렇든지

[**붙임** 2] 어간의 끝음절 '하'가 아주 줄 적에는 준 대로 적는다.

(본말)	(준말)
거북하지	거북지
생각하건대	생각건대
생각하다 못해	생각다 못해
깨끗하지 않다	깨끗지 않다
넉넉하지 않다	넉넉지 않다
못하지 않다	못지않다
섭섭하지 않다	섭섭지 않다
익숙하지 않다	익숙지 않다

[**붙임** 3] 다음과 같은 부사는 소리대로 적는다.

결단코	결코	기필코	무심코	하여튼	요컨대
정녕코	필연코	하마터면	하여튼	한사코	

제1절 조사

제41항 조사는 그 앞말에 붙여 쓴다.

꽃이	꽃마저	꽃밖에	꽃에서부터	꽃으로만
꽃이나마	꽃이다	꽃입니다	꽃처럼	어디까지나
거기도	멀리는	웃고만		

제2절 의존 명사, 단위를 나타내는 명사 및 열거하는 말 등

제42항 의존 명사는 띄어 쓴다.

아는 것이 힘이다.	나도 할 수 있다.
먹을 만큼 먹어라.	아는 이를 만났다.
네가 뜻한 바를 알겠다.	그가 떠난 지가 오래다.

제43항 단위를 나타내는 명사는 띄어 쓴다.

한 개	차 한 대	금 서 돈
소 한 마리	옷 한 벌	열 살
조기 한 손	연필 한 자루	버선 한 죽
집 한 채	신 두 켤레	북어 한 쾌

다만, 순서를 나타내는 경우나 숫자와 어울리어 쓰이는 경우에는 붙여 쓸 수 있다.

| 두시 삼십분 오초 | 제일과 | 삼학년 | 육층 |
| 1446년 10월 9일 | 2대대 | 16동 502호 | 제 1 실습실 |

제44항 수를 적을 적에는 '만(萬)' 단위로 띄어 쓴다.

십이억 삼천사백오십육만 칠천팔백구십팔

12억 3456만 7898

제45항 두 말을 이어 주거나 열거할 적에 쓰이는 다음의 말들은 띄어 쓴다.

국장 겸 과장	열 내지 스물
청군 대 백군	책상, 걸상 등이 있다.
이사장 및 이사들	사과, 배, 귤 등등
사과, 배 등속	부산, 광주 등지

제46항 단음절로 된 단어가 연이어 나타날 적에는 붙여 쓸 수 있다.

그때　　　그곳　　　좀더　　　큰 것　　　이말 저말　　　한잎 두잎

제3절 보조 용언

제47항 보조 용언은 띄어 씀을 원칙으로 하되, 경우에 따라 붙여 씀도 허용한다.

(ㄱ을 원칙으로 하고, ㄴ을 허용함.)

ㄱ	ㄴ
불이 꺼져 간다.	불이 꺼져간다.
내 힘으로 막아 낸다.	내 힘으로 막아낸다.
어머니를 도와 드린다.	어머니를 도와드린다.
그릇을 깨뜨려 버렸다.	그릇을 깨뜨려버렸다.
비가 올 듯하다.	비가 올듯하다.
그 일은 할 만하다.	그 일은 할만하다.
일이 될 법하다.	일이 될법하다.
비가 올 성싶다.	비가 올성싶다.

잘 아는 척한다.   잘 아는척한다.

다만, 앞말에 조사가 붙거나 앞말이 합성 동사인 경우, 그리고 중간에 조사가 들어갈 적에는 그 뒤에 오는 보조 용언은 띄어 쓴다.

잘도 놀아만 나는구나!   책을 읽어도 보고…
네가 덤벼들어 보아라.   강물에 떠내려가 버렸다.
그가 올 듯도 하다.   잘난 체를 한다.

제48항 성과 이름, 성과 호 등은 붙여 쓰고, 이에 덧붙는 호칭어, 관직명 등은 띄어 쓴다.

김양수(金良洙)   서화담(徐花潭)   채영신 씨
최치원 선생   박동식 박사   충무공 이순신 장군

다만, 성과 이름, 성과 호를 분명히 구분할 필요가 있을 경우에는 띄어 쓸 수 있다.

남궁억/남궁 억   독고준/독고 준   황보지봉(皇甫芝峰)/황보 지봉

제49항 성명 이외의 고유 명사는 단어별로 띄어 씀을 원칙으로 하되, 단위별로 띄어 쓸 수 있다.(ㄱ을 원칙으로 하고, ㄴ을 허용함.)

ㄱ   ㄴ

대한 중학교   대한중학교
한국 대학교 사범 대학   한국대학교 사범대학

제50항 전문 용어는 단어별로 띄어 씀을 원칙으로 하되, 붙여 쓸 수 있다.(ㄱ을

원칙으로 하고, ㄴ을 허용함.)

ㄱ	ㄴ
만성 골수성 백혈병	만성골수성백혈병
중거리 탄도 유도탄	중거리탄도유도탄

 제6장 그 밖의 것

제51항 부사의 끝음절이 분명히 '이'로만 나는 것은 '-이'로 적고, '히'로만 나거나
'이'나 '히'로 나는 것은 '히-'로 적는다.

1. '이'로만 나는 것

가붓이	깨끗이	나붓이	느긋이	둥긋이	따뜻이
반듯이	버젓이	산뜻이	의젓이	가까이	고이
날카로이	대수로이	번거로이	많이	적이	헛되이
겹겹이	번번이	일일이	집집이	틈틈이	

2. '히'로만 나는 것

극히	급히	딱히	속히	작히	족히
특히	엄격히	정확히			

3. '이, 히'로 나는 것

솔직히	가만히	간편히	나른히	무단히	각별히
소홀히	슬슬히	정결히	과감히	꼼꼼히	심히
열심히	급급히	답답히	섭섭히	공평히	능히
당당히	분명히	상당히	조용히	간소히	고요히
도저히					

제52항   한자어에서 본음으로도 나고 속음으로도 나는 것은 각각 그 소리에 따라
적는다.

(본음으로 나는 것)   (속음으로 나는 것)
승낙(承諾)   수락(受諾), 쾌락(快諾), 허락(許諾)
만난(萬難)   곤란(困難), 논란(論難)
안녕(安寧)   의령(宜寧), 회령(會寧)
분노(忿怒)   대로(大怒), 희로애락(喜怒哀樂)
토론(討論)   의논(議論)
오륙십(五六十)   오뉴월, 유월(六月)
목재(木材)   모과(木瓜)
십일(十日)   시방정토(十方淨土), 시왕(十王), 시월(十月)
팔일(八日)   초파일(初八日)

제53항   다음과 같은 어미는 예사소리로 적는다. (ㄱ을 취하고, ㄴ을 버림.)
ㄱ   ㄴ
-(으)ㄹ거나   -(으)ㄹ꺼나
-(으)ㄹ걸   -(으)ㄹ껄
-(으)ㄹ게   -(으)ㄹ께
-(으)ㄹ세   -(으)ㄹ쎄
-(으)ㄹ세라   -(으)ㄹ쎄라
-(으)ㄹ수록   -(으)ㄹ쑤록
-(으)ㄹ시   -(으)ㄹ씨
-(으)ㄹ지   -(으)ㄹ찌
-(으)ㄹ지니라   -(으)ㄹ찌니라
-(으)ㄹ지라도   -(으)ㄹ찌라도

-(으)ㄹ지어다	-(으)ㄹ찌어다
-(으)ㄹ지언정	-(으)ㄹ찌언정
-(으)ㄹ진대	-(으)ㄹ찐대
-(으)ㄹ진저	-(으)ㄹ찐저
-올시다	올씨다

다만, 의문을 나타내는 다음 어미들은 된소리로 적는다.

-(으)ㄹ까?   -(으)ㄹ꼬?   -(스)ㅂ니까?   -(으)리까?   -(으)ㄹ쏘냐?

제54항 다음과 같은 접미사는 된소리로 적는다. (ㄱ을 취하고 ㄴ을 버림.)

ㄱ	ㄴ
심부름꾼	심부름군
익살꾼	익살군
일꾼	일군
장난꾼	장난군
지게꾼	지겟군
때깔	땟갈
빛깔	빛갈
성깔	성갈
귀때기	귓대기
볼때기	볼대기
판자때기	판잣대기
뒤꿈치	뒷굼치
팔꿈치	팔굼치
이마빼기	이맛배기

코빼기	콧배기
객쩍다	객적다
겸연쩍다	겸연적다.

제55항 두 가지로 구별하여 적던 다음 말들은 한 가지로 적는다.(ㄱ을 취하고 ㄴ을 버림.)

ㄱ	ㄴ
맞추다(입을 맞춘다. 양복을 맞춘다)	마추다
뻗치다(다리를 뻗친다. 멀리 뻗친다)	뻐치다

제56항 '-더라, -던'과 '-든지'는 다음과 같이 적는다.

1. 지난 일을 나타내는 어미는 '-더라, -던'으로 적는다. (ㄱ을 취하고 ㄴ을 버림.)

ㄱ	ㄴ
지난 겨울은 몹시 춥더라.	지난 겨울은 몹시 춥드라.
깊던 물이 얕아졌다.	깊든 물이 얕아졌다.
그렇게 좋던가?	그렇게 좋든가?
그 사람 말 잘하던데!	그 사람 말 잘하든데!
얼마나 놀랐던지 몰라.	얼마나 놀랐든지 몰라.

2. 물건이나 일의 내용을 가리지 아니하는 뜻을 나타내는 조사와 어미는 '(-)든지'로 적는다. (ㄱ을 취하고 ㄴ을 버림.)

ㄱ	ㄴ
배든지 사과든지 마음대로 먹어라.	배던지 사과던지 마음대로 먹어라.
가든지 오든지 마음대로 해라.	가던지 오던지 마음대로 해라.

제57항 다음 말들은 각각 구별하여 적는다.

가름	둘로 가름
갈음	새 책상으로 갈음하였다.
거름	풀을 썩인 거름
걸음	빠른 걸음
거치다	영월을 거쳐 왔다.
걷히다	외상값이 잘 걷힌다.
걷잡다	걷잡을 수 없는 상태
겉잡다	겉잡아서 이틀 걸릴 일
그러므로(그러니까)	그는 부지런하다. 그러므로 잘 산다.
그럼으로(써)	그는 열심히 공부한다. 그럼으로(써) 은혜에 (그렇게 하는 것으로) 보답한다.
노름	노름판이 벌어졌다.
놀음(놀이)	즐거운 놀음
느리다	진도가 너무 느리다.
늘이다	고무줄을 늘인다.
늘리다	수출량을 더 늘린다.
다리다	옷을 다린다.
달이다	약을 달인다.
다치다	부주의로 손을 다쳤다.
닫히다	문이 저절로 닫혔다.
닫치다	문을 힘껏 닫쳤다.
마치다	벌써 일을 마쳤다.
맞히다	여러 문제를 더 맞혔다.
목거리	목거리가 덧났다.

목걸이	금 목걸이, 은 목걸이
바치다	나라를 위해 목숨을 바쳤다.
받치다	우산을 받치고 간다.
받히다	쇠뿔에 받혔다.
밭치다	술을 체에 밭친다.
반드시	약속은 반드시 지켜라.
반듯이	고개를 반듯이 들어라.
부딪치다	차와 차가 마주 부딪쳤다.
부딪히다	마차가 화물차에 부딪혔다.
부치다	힘이 부치는 일이다.
	편지를 부치다.
	논밭을 부친다.
	빈대떡을 부친다.
	식목일에 부치는 글
	회의에 부치는 안건
	인쇄에 부치는 원고
	삼촌 집에 숙식을 부친다.
붙이다	우표를 붙이다.
	책상을 벽에 붙였다.
	흥정을 붙인다.
	불을 붙인다.
	감시원을 붙인다.
	조건을 붙인다.
	취미를 붙인다.
	별명을 붙인다.

시키다	일을 시킨다.
식히다	끓인 물을 식히다.
아름	세 아름 되는 둘레
알음	전부터 알음이 있는 사이
앎	앎이 힘이다.
안치다	밥을 안친다.
앉히다	윗자리에 앉힌다.
어름	두 물건의 어름에서 일어난 현상
얼음	얼음이 얼었다.
이따가	이따가 오너라.
있다가	돈은 있다가도 없다.
저리다	다친 다리가 저린다.
절이다	김장 배추를 절인다.
조리다	생선을 조린다. 통조림, 병조림
졸이다	마음을 졸인다.
주리다	여러 날을 주렸다.
줄이다	비용을 줄인다.
하노라고	하노라고 한 것이 이 모양이다.
하느라고	공부하느라고 밤을 새웠다.
-느니보다(어미)	나를 찾아 오느니보다 집에 있거라
-는 이보다(의존 명사)	오는 이가 가는 이보다 많다.
-(으)리만큼(어미)	나를 미워하리만큼 그에게 잘못한 일이 없다.
-(으)ㄹ 이만큼(의존 명사)	찬성할 이도 반대할 이만큼이나 많을 것이다.
-(으)러(목적)	공부하러 간다.
-(으)려(의도)	서울 가려 한다.

-(으)로서(자격)	사람으로서 그럴 수는 없다.
-(으)로써(수단)	닭으로써 꿩을 대신했다.
-(으)므로(어미)	그가 나를 믿으므로 나도 그를 믿는다.
(-ㅁ, -음)으로(써)(조사)	그는 믿음으로(써) 산 보람을 느꼈다.

02

문장부호

 **제1장 마침표[終止符]**

1. 온점(.), 고리점(、)

가로쓰기에는 온점, 세로쓰기에는 고리점을 쓴다.

(1) 서술, 명령, 청유 등을 나타내는 문장의 끝에 쓴다.

젊은이는 나라의 기둥이다.

황금 보기를 돌같이 하라.

집으로 돌아가자.

다만, 표제어나 표어에는 쓰지 않는다.

압록강은 흐른다(표제어)

꺼진 불도 다시 보자(표어)

(2) 아라비아 숫자만으로 연월일을 표시할 적에 쓴다.

1919. 3. 1. (1919년 3월 1일)

(3) 표시 문자 다음에 쓴다.

1. 마침표　　　ㄱ. 물음표　　　가. 인명

(4) 준말을 나타내는 데 쓴다.

서. 1987. 3. 5.(서기)

의심이나 물음을 나타낸다.

(1) 직접 질문할 때에 쓴다.

이제 가면 언제 돌아오니?

이름이 뭐지?

(2) 반어나 수사 의문(修辭疑問)을 나타낼 때 쓴다.

제가 감히 거역할 리가 있습니까?

이게 은혜에 대한 보답이냐?

남북 통일이 되면 얼마나 좋을까?

(3) 특정한 어구 또는 그 내용에 대하여 의심이나 빈정거림, 비웃음 등을
표시할 때, 또는 적절한 말을 쓰기 어려운 경우에 소괄호 안에 쓴다.

그것 참 훌륭한(?) 태도야.

우리 집 고양이가 가출(?)을 했어요.

[붙임 1] 한 문자에서 몇 개의 선택적인 물음이 겹쳤을 때에는 맨 끝의
물음에만 쓰지만, 각각 독립된 물음인 경우에는 물음마다 쓴다.

너는 한국인이냐, 중국인이냐?

너는 언제 왔니? 어디서 왔니? 무엇하러?

[붙임 2] 의문형 어미로 끝나는 문장이라도 의문의 정도가 약할 때에는
물음표 대신 온점(또는 고리점)을 쓸 수도 있다.

이 일을 도대체 어쩐단 말이냐.

아무도 그 일에 찬성하지 않을 거야. 혹 미친 사람이면 모를까.

감탄이나 놀람, 부르짖음, 명령 등 강한 느낌을 나타낸다.

(1) 느낌을 힘차게 나타내기 위해 감탄사나 감탄형 종결어미 다음에 쓴다.

　앗!

　아, 달이 밝구나!

(2) 강한 명령문 또는 청유문에 쓴다.

　지금 즉시 대답해!

　부디 몸조심하도록!

(3) 감정을 넣어 다른 사람을 부르거나 대답할 적에 쓴다.

　춘향아!

　예, 도련님!

(4) 물음의 말로써 놀람이나 항의의 뜻을 나타내는 경우에 쓴다.

　이게 누구야!

　내가 왜 나빠!

[붙임] 감탄형 어미로 끝나는 문장이라도 감탄의 정도가 약할 때에는 느낌표 대신 온점(또는 고리점)을 쓸 수도 있다.

　개구리가 나온 것을 보니, 봄이 오긴 왔구나.

1. 반점(,), 모점(、)

가로쓰기에는 반점, 세로쓰기에는 모점을 쓴다.

문장 안에서 짧은 휴지를 나타낸다.

(1) 같은 자격의 어구가 열거될 때에 쓴다.

근면, 검호, 협동은 우리 겨레의 미덕이다.

충청도의 계룡산, 전라도의 내장산, 강원도의 설악산은 모두 국립 공
원이다.

다만, 조사로 연결될 적에는 쓰지 않는다.

매화와 난초와 국화와 대나무를 사군자라고 한다.

(2) 짝을 지어 구별할 필요가 있을 때에 쓴다.

닭과 지네, 개와 고양이는 상극이다.

(3) 바로 다음의 말을 꾸미지 않을 때에 쓴다.

슬픈 사연을 간직한, 경주 불국사의 무영탑

성질 급한, 철수의 누이동생이 화를 내었다.

(4) 대등하거나 종속적인 절이 이어질 때에 절 사이에 쓴다.

콩 심으면 콩 나고, 팥 심으면 팥 난다.

흰 눈이 내리니, 경치가 더욱 아름답다.

(5) 부르는 말이나 대답하는 말 뒤에 쓴다.

애야, 이리 오너라.

예, 지금 가겠습니다.

(6) 제시어 다음에 쓴다.

빵, 이것이 인생의 전부이더냐?

용기, 이것이야말로 무엇과도 바꿀 수 없는 젊은이의 자산이다.

(7) 도치된 문장에 쓴다.

이리 오세요, 어머님.

다시 보자, 한강수야.

(8) 가벼운 감탄을 나타내는 말 뒤에 쓴다.

아, 깜빡 잊었구나.

(9) 문장 첫머리의 접속이나 연결을 나타내는 말 다음에 쓴다.

첫째, 몸이 튼튼해야 된다.

아무튼, 나는 집에 돌아가겠다.

다만, 일반적으로 쓰이는 접속어(그러나, 그러므로, 그리고, 그런데 등) 뒤에
는 쓰지 않음을 원칙으로 한다.

그러나 너는 실망할 필요가 없다.

(10) 문장 중간에 끼어든 구절 앞뒤에 쓴다.

나는 솔직히 말하면, 그 말이 별로 탐탁하지 않소.

철수는 미소를 띠고, 속으로는 화가 치밀었지만, 그들을 맞았다.

(11) 되풀이를 피하기 위하여 한 부분을 줄일 때에 쓴다.

여름에는 바다에서, 겨울에는 산에서 휴가를 즐겼다.

(12) 문맥상 끊어 읽어야 할 곳에 쓴다.

갑돌이가 울면서, 떠나는 갑순이를 배웅했다.

철수가, 내가 제일 좋아하는 친구이다.

남을 괴롭히는 사람들은, 만약 그들이 다른 사람에게 괴롭힘을 당해

본다면, 남을 괴롭히는 일이 얼마나 나쁜 일인지 깨달을 것이다.

(13) 숫자를 나열할 때에 쓴다.

1, 2, 3, 4

(14) 수의 폭이나 개략의 수를 나타낼 때에 쓴다.

5, 6 세기   6, 7 개

(15) 수의 자릿점을 나타낼 때에 쓴다.

2. 가운뎃점(·)

열거된 여러 단위가 대등하거나 밀접한 관계임을 나타낸다.

(1) 쉼표로 열거된 어구가 다시 여러 단위로 나누어질 때에 쓴다.

철수 · 영이, 영수 · 순이가 서로 짝이 되어 윷놀이를 하였다.

공주 · 논산, 천안 · 아산 · 천원 등 각 지역구에서 2명씩 국회의원을

뽑는다.

시장에 가서 사과 · 배 · 복숭아, 고추 · 마늘 · 파, 조기 · 명태 · 고등어

를 샀다.

(2) 특정한 의미를 가지는 날을 나타내는 숫자에 쓴다.

  3 · 1 운동   8 · 15 광복

(3) 같은 계열의 단어 사이에 쓴다.

  경북 방언의 조사·연구

  충북·충남 두 도를 합하여 충청도라고 한다.

  동사·형용사를 합하여 용언이라고 한다.

3. 쌍점(:)

(1) 내포되는 종류를 들 적에 쓴다.

  문장 부호 : 마침표, 쉼표, 따옴표, 묶음표 등

  문방사우 : 붓, 먹, 벼루, 종이

(2) 소표제 뒤에 간단한 설명이 붙을 때에 쓴다.

  일시 : 1984년 10월 15일 10시

  마침표 : 문장이 끝남을 나타낸다.

(3) 저자명 다음에 저서명을 적을 때에 쓴다.

  정약용 : 목민심서, 경세유표

  주시경 : 국어 문법, 서울 박문서관, 1910.

(4) 시(時)와 분(分), 장(章)과 절(節) 따위를 구별할 때나, 둘 이상을 대비할
때에 쓴다.

  오전 10 : 20 (오전 10시 20분)

  요한 3 : 16 (요한복음 3장 16절)

대비 65 : 60 (65대 60)

4. 빗금(/)

(1) 대응, 대립되거나 대등한 것을 함께 보이는 단어와 구, 절 사이에 쓴다.

남궁만/남궁 만   백이십오 원/125원

착한 사람/악한 사람   맞닥뜨리다/맞닥트리다

(2) 분수를 나타낼때에 쓰기도 한다.

3/4 분기   3/20

 제3장 따옴표[引用符]

1. 큰따옴표(" "), 겹낫표(『 』)

가로쓰기에는 큰따옴표, 세로쓰기에는 겹낫표를 쓴다.

대화, 인용, 특별 어구 따위를 나타낸다.

(1) 글 가운데서 직접 대화를 표시할 때에 쓴다.

"전기가 없었을 때는 어떻게 책을 보았을까?"

"그야 등잔불을 켜고 보았겠지."

(2) 남의 말을 인용할 경우에 쓴다.

예로부터 "민심은 천심이다."라고 하였다.

"사람은 사회적 동물이다."라고 말한 학자가 있다.

2. 작은 따옴표(' '), 낫표 (「 」)

가로쓰기에는 작은따옴표, 세로쓰기에는 낫표를 쓴다.

(1) 따온 말 가운데 다시 따온 말이 들어 있을 때에 쓴다.

"여러분! 침착해야 합니다. '하늘이 무너져도 솟아날 구멍이 있다.'고 합니다."

(2) 마음 속으로 한 말을 적을 때에 쓴다.

'만약 내가 이런 모습으로 돌아간다면 모두들 깜짝 놀라겠지.'

[**붙임**] 문장에서 중요한 부분을 두드러지게 하기 위해 드러냄표 대신에 쓰기도 한다.

지금 필요한 것은 '지식'이 아니라 '실천'입니다.

'배부른 돼지'보다는 '배고픈 소크라테스'가 되겠다.

 제4장 묶음표[括弧符]

1. 소괄호(( ))

(1) 언어, 연대, 주석, 설명 등을 넣을 적에 쓴다.

커피(coffee)는 기호 식품이다.

3.1 운동(1919) 당시 나는 중학생이었다.

'무정(無情)'은 춘원(6.25때 납북)의 작품이다.

니체(독일의 철학자)는 이렇게 말했다.

(2) 특히 기호 또는 기호적인 구실을 하는 문자, 단어, 구에 쓴다.

   (1) 주어   (ㄱ) 명사   (라) 소리에 관한 것

(3) 빈 자리임을 나타낼 적에 쓴다.

우리 나라의 수도는 (　　)이다.

2. 중괄호({ })

여러 단위를 동등하게 묶어서 보일 때에 쓴다.

주격 조사 {이/가}

국가의 3 요소 {국토/국민/주권}

3. 대괄호(〔 〕)

(1) 묶음표 안의 말이 바깥 말과 음이 다를 때에 쓴다.

나이[年歲]　　낱말[單語]　　手足[손발]

(2) 묶음표 안에 또 묶음표가 있을 때에 쓴다.

명령에 있어서의 불확실[단호(斷乎)하지 못함]은 복종에 있어서의 불
확실 [모호(模糊)함]을 낳는다.

 제5장 이음표[連結符]

1. 줄표(—)

이미 말한 내용을 다른 말로 부연하거나 보충함을 나타낸다.

(1) 문장 중간에 앞의 내용에 대해 부연하는 말이 끼여들 때 쓴다.

그 신동은 네 살에—보통 아이 같으면 천자문도 모를 나이에—벌써 시
를 지었다.

(2) 앞의 말을 정정 또는 변명하는 말이 이어질 때 쓴다.

　　어머님께 말했다가―아니 말씀드렸다가―꾸중만 들었다.

　　이건 내 것이니까―아니, 내가 처음 발견한 것이니까―절대로 양보할
수가 없다.

2. 붙임표(‐)

(1) 사전, 논문 등에서 합성어를 나타낼 적에, 또는 접사나 어미임을 나타
낼 적에 쓴다.

　　겨울‐나그네　　　불‐구경　　　손‐발

　　휘‐날리다　　　슬기‐롭다　　　‐(으)ㄹ걸

(2) 외래어와 고유어 또는 한자어가 결합되는 경우에 쓴다.

　　나일론‐실　　　디‐장조　　　빛‐에너지　　　염화‐칼륨

3. 물결표(∼)

(1) '내지'라는 뜻에 쓴다.

　　9월 15일 ∼ 9월 25일

(2) 어떤 말의 앞이나 뒤에 들어갈 말 대신 쓴다.

　　새마을 :　　　∼ 운동　　　∼ 노래

　　‐가(家) :　　　음악∼　　　미술∼

1. 드러냄표(˚, ˙)

˙이나 ˚을 가로쓰기에는 글자 위에, 세로쓰기에는 글자 오른쪽에 쓴다.
문장 내용 중에서 주의가 미쳐야 할 곳이나 중요한 부분을 특별히 드러
내 보일 때 쓴다.

한글의 본 이름은 훈민정음이다.

중요한 것은 왜 사느냐가 아니라 어떻게 사느냐 하는 문제이다.

[붙임] 가로쓰기에서는 밑줄(__)을 치기도 한다.

다음 보기에서 명사가 아닌 것은?

 **제7장 안드러냄표[潛在符]**

1. 숨김표(××, ○○)

알면서도 고의로 드러내지 않음을 나타낸다.

(1) 금기어나 공공연히 쓰기 어려운 비속어의 경우, 그 글자의 수효만큼
쓴다.

배운 사람 입에서 어찌 ○○○란 말이 나올 수 있느냐?

그 말을 듣는 순간 ××란 말이 목구멍까지 치밀었다.

(2) 비밀을 유지할 사항일 경우, 그 글자의 수효만큼 쓴다.

육군 ○○부대 ○○○이 작전에 참가하였다.

그 모임의 참석자는 김××씨, 정××씨 등 5명이었다.

글자의 자리를 비워 둠을 나타낸다.

(1) 옛 비문이나 서적 등에서 글자가 분명하지 않을 때에 그 글자의 수효만큼 쓴다.

大師爲法主□□賴之大□薦(옛 비문)

(2) 글자가 들어가야 할 자리를 나타낼 때 쓴다.

훈민정음의 초성 중에서 아음(牙音)은 □□□의 석 자다.

(1) 할 말을 줄였을 때에 쓴다.

"어디 나하고 한 번……."하고 철수가 나섰다.

(2) 말이 없음을 나타낼 때에 쓴다.

"빨리 말해!"

"……."

표준어 규정

제1부 표준어 사정 원칙

제1장 총 칙

제1항   표준어는 교양 있는 사람들이 두루 쓰는 현대 서울말로 정함을 원칙으로 한다.

제2항   외래어는 따로 사정한다.

제2장 발음 변화에 따른 표준어 규정

제1절 자 음

제3항   다음 단어들은 거센소리를 가진 형태를 표준어로 삼는다.(ㄱ을 표준어로 삼고, ㄴ을 버림.)

ㄱ	ㄴ	비 고
끄나풀	끄나불	
나팔-꽃	나발-꽃	
녘	녁	동~, 들~, 새벽~, 동 틀 ~
부엌	부억	
살-쾡이	삵-괭이	

ㄱ	ㄴ	비 고
칸	간	1. ~막이, 빈~, 방 한~ 2. '초가 삼간. 윗간'의 경우에는 '간'임
털어–먹다	떨어–먹다	재물을 다 없애다

제4항 다음 단어들은 거센소리로 나지 않는 형태를 표준어로 삼는다.(ㄱ을 표준어로 삼고, ㄴ을 버림.)

ㄱ	ㄴ	비 고
가을–갈이	가을–카리	
거시기	거시키	
분침	푼침	

제5항 어원에서 멀어진 형태로 굳어져서 널리 쓰이는 것은, 그것을 표준어로 삼는다.(ㄱ을 표준어로 삼고, ㄴ을 버림.)

ㄱ	ㄴ	비 고
강낭–콩	강남–콩	
고삿	고샅	겉~, 속~
사글–세	삭월–세	'월세'는 표준어임
울력–성당	위력–성당	떼를 지어서 으르고 협박하는 일

다만, 어원적으로 원형에 더 가까운 형태가 아직 쓰이고 있는 경우에는, 그것을 표준어로 삼는다.(ㄱ을 표준어로 삼고, ㄴ을 버림.)

ㄱ	ㄴ	비 고
갈비	가리	~구이, ~찜. 갈빗–대
갓모	갈모	1. 사기 만드는 물레 밑고리 2. '갈모'는 갓 위에 쓰는, 유지로 만든 우비
굴–젓	구–젓	

ㄱ	ㄴ	비 고
말-곁	말-겻	
물-수란	물-수랄	
밀-뜨리다	미-뜨리다	
적-이	저으기	적이-나, 적이나-하면
휴지	수지	

제6항 다음 단어들은 의미를 구별함이 없이, 한 가지 형태만을 표준어로 삼는다.(ㄱ을 표준어로 삼고, ㄴ을 버림.)

ㄱ	ㄴ	비 고
돌	돐	생일, 주기
둘-째	두-째	'제2, 두 개째'의 뜻
셋-째	세-째	'제3, 세 개째'의 뜻
넷-째	네-째	'제4, 네 개째'의 뜻
빌리다	빌다	1. 빌려 주다, 빌려 오다 2. '용서를 빌다'는 '빌다'임

다만, '둘째'는 십 단위 이상의 서수사에 쓰일 때에 '두째'로 한다.

ㄱ	ㄴ	비 고
열두-째		열두 개째의 뜻은 '열둘째'로
스물두-째		스물두 개째의 뜻은 '스물둘째'로

제7항 수컷을 이르는 접두사는 '수-'로 통일한다.(ㄱ을 표준어로 삼고, ㄴ을 버림.)

ㄱ	ㄴ	비 고
수-꿩	수-퀑/숫-꿩	'장끼'도 표준어임
수-나사	숫-나사	
수-놈	숫-놈	
수-사돈	숫-사돈	

ㄱ	ㄴ	비 고
수-소	숫-소	'황소'도 표준어임.
수-은행나무	숫-은행나무	

다만 1. 다음 단어에서는 접두사 다음에서 나는 거센소리를 인정한다. 접두사 '암-'이 결합되는 경우에도 이에 준한다.(ㄱ을 표준어로 삼고, ㄴ을 버림.)

ㄱ	ㄴ	비 고
수-캉아지	숫-강아지	
수-캐	숫-개	
수-컷	숫-것	
수-키와	숫-기와	
수-탉	숫-닭	
수-탕나귀	숫-당나귀	
수-톨쩌귀	숫-돌쩌귀	
수-퇘지	숫-돼지	
수-평아리	숫-병아리	

다만 2. 다음 단어의 접두사는 '숫-'으로 한다.(ㄱ을 표준어로 삼고, ㄴ을 버림.)

ㄱ	ㄴ	비 고
숫-양	수-양	
숫-염소	수-염소	
숫-쥐	수-쥐	

제8항 양성 모음이 음성 모음으로 바뀌어 굳어진 다음 단어는 음성 모음 형태를 표준어로 삼는다.(ㄱ을 표준어로 삼고, ㄴ을 버림.)

ㄱ	ㄴ	비 고
깡충–깡충	깡총–깡총	큰말은 '껑충껑충'임
–둥이	–동이	←童–이. 귀–, 막–, 선–, 쌍–, 검–, 바람–, 흰–
발가–숭이	발가–송이	센말은 '빨가숭이', 큰말은 '벌거숭이, 뻘거숭이'임
보퉁이	보통이	
봉죽	봉족	←奉足. ∼꾼, ∼ 들다
뻗정–다리	뻗장–다리	
아서, 아서라	앗아, 앗아라	하지 말라고 금지하는 말
오뚝–이	오똑–이	부사도 '오뚝–이'임
주추	주초	←柱礎. 주춧–돌

다만, 어원 의식이 강하게 작용하는 다음 단어에서는 양성 모음 형태를 그대로 표준어로 삼는다.(ㄱ을 표준어로 삼고, ㄴ을 버림.)

ㄱ	ㄴ	비 고
부조(扶助)	부주	∼금, 부좃–술
사돈(査頓)	사둔	밭∼, 안∼
삼촌(三寸)	삼춘	시∼, 외∼, 처∼

제9항 'ㅣ' 역행 동화 현상에 의한 발음은 원칙적으로 표준 발음으로 인정하지 아니하되, 다만 다음 단어들은 그러한 동화가 적용된 형태를 표준어로 삼는다.(ㄱ을 표준어로 삼고, ㄴ을 버림.)

ㄱ	ㄴ	비 고
-내기	-나기	서울-, 시골-, 신출-, 풋-
냄비	남비	
동댕이-치다	동당이-치다	

[붙임 1] 다음 단어는 'ㅣ' 역행 동화가 일어나지 아니한 형태를 표준어로 삼는다.(ㄱ을 표준어로 삼고, ㄴ을 버림.)

ㄱ	ㄴ	비 고
아지랑이	아지랭이	

[붙임 2] 기술자에게는 '-장이', 그 외에는 '-쟁이'가 붙는 형태를 표준어로 삼는다.(ㄱ을 표준어로 삼고, ㄴ을 버림.)

ㄱ	ㄴ	비 고
미장이	미쟁이	
유기장이	유기쟁이	
멋쟁이	멋장이	
소금쟁이	소금장이	
담쟁이-덩굴	담장이-덩굴	
골목쟁이	골목장이	
발목쟁이	발목장이	

제10항　다음 단어는 모음이 단순화한 형태를 표준어로 삼는다.(ㄱ을 표준어로 삼고, ㄴ을 버림.)

ㄱ	ㄴ	비 고
괴팍-하다	괴퍅-하다/ 괴팩-하다	
-구먼	-구면	

ㄱ	ㄴ	비 고
미루–나무	미류–나무	←美柳~
미륵	미력	←彌勒. ~ 보살, ~불, 돌~
여느	여늬	
온–달	왼–달	만 한 달
으레	으례	
케케–묵다	켸켸–묵다	
허우대	허위대	
허우적–허우적	허위적–허위적	허우적–거리다

제11항 다음 단어에서는 모음의 발음 변화를 인정하여, 발음이 바뀌어 굳어진 형태를 표준어로 삼는다.(ㄱ을 표준어로 삼고, ㄴ을 버림.)

ㄱ	ㄴ	비 고
–구려	–구료	
깍쟁이	깍정이	1. 서울 ~, 알~, 찰~ 2. 도토리. 상수리 등의 받침은 '깍정이'임
나무라다	나무래다	
미수	미시	미숫–가루
바라다	바래다	'바램[所望]'은 비표준어임
상추	상치	~쌈
시러베–아들	실업의–아들	
주책	주착	←主着. ~망나니, ~없다
지루–하다	지리–하다	←支離
튀기	트기	
허드레	허드래	허드렛–물, 허드렛–일
호루라기	호루루기	

제12항　‘웃-’ 및 ‘윗-’은 명사 ‘위’에 맞추어 ‘윗-’으로 통일한다.(ㄱ을 표준어로 삼고, ㄴ을 버림.)

ㄱ	ㄴ	비 고
윗-넓이	웃-넓이	
윗-눈썹	웃-눈썹	
윗-니	웃-니	
윗-당줄	웃-당줄	
윗-덧줄	웃-덧줄	
윗-도리	웃-도리	
윗-동아리	웃-동아리	준말은 ‘윗동’임
윗-막이	웃-막이	
윗-머리	웃-머리	
윗-목	웃-목	
윗-몸	웃-몸	～ 운동
윗-바람	웃-바람	
윗-배	웃-배	
윗-벌	웃-벌	
윗-변	웃-변	수학 용어
윗-사랑	웃-사랑	
윗-세장	웃-세장	
윗-수염	웃-수염	
윗-입술	웃-입술	
윗-잇몸	웃-잇몸	
윗-자리	웃-자리	
윗-중방	웃-중방	

다만 1. 된소리나 거센소리 앞에서는 ‘위-’로 한다.(ㄱ을 표준어로 삼고, ㄴ을 버림.)

ㄱ	ㄴ	비 고
위–짝	웃–짝	
위–쪽	웃–쪽	
위–채	웃–채	
위–층	웃–층	
위–치마	웃–치마	
위–턱	웃–턱	~ 구름[上層雲]
위–팔	웃–팔	

다만 2. '아래, 위'의 대립이 없는 단어는 '웃–'으로 발음되는 형태를 표준어로 삼는다.(ㄱ을 표준어로 삼고, ㄴ을 버림.)

ㄱ	ㄴ	비 고
웃–국	윗–국	
웃–기	윗–기	
웃–돈	윗–돈	
웃–비	윗–비	~ 걷다
웃–어른	윗–어른	
웃–옷	윗–옷	

제13항 한자 '구(句)'가 붙어서 이루어진 단어는 '귀'로 읽는 것을 인정하지 아니하고, '구'로 통일한다.(ㄱ을 표준어로 삼고, ㄴ을 버림.)

ㄱ	ㄴ	비 고
구법(句法)	귀법	
구절(句節)	귀절	
구점(句點)	귀점	
결구(結句)	결귀	
경구(警句)	경귀	
경인구(警人句)	경인귀	

ㄱ	ㄴ	비 고
난구(難句)	난귀	
단구(短句)	단귀	
단명구(短命句)	단명귀	
대구(對句)	대귀	~법(對句法)
문구(文句)	문귀	
성구(成句)	성귀	~어(成句語)
시구(詩句)	시귀	
어구(語句)	어귀	
연구(聯句)	연귀	
인용구(引用句)	인용귀	
절구(絕句)	절귀	

다만, 다음 단어는 '귀'로 발음되는 형태를 표준어로 삼는다.(ㄱ을 표준어로 삼고, ㄴ을 버림.)

ㄱ	ㄴ	비 고
귀-글	구-글	
글-귀	글-구	

제3절 준 말

제14항 준말이 널리 쓰이고 본말이 잘 쓰이지 않는 경우에는, 준말만을 표준어로 삼는다.(ㄱ을 표준어로 삼고, ㄴ을 버림.)

ㄱ	ㄴ	비 고
귀찮다	귀치 않다	
김	기음	~ 매다
따리	또아리	

ㄱ	ㄴ	비 고
무	무우	~강즙, ~말랭이, ~생채, 가랑~, 갓~, 왜~, 총각~
미다	무이다	1. 털이 빠져 살이 드러나다. 2. 찢어지다.
뱀	배암	
뱀-장어	배암-장어	
빔	비음	설~, 생일~
샘	새암	~바르다, ~바리
생-쥐	새앙-쥐	
솔개	소리개	
온-갖	온-가지	
장사-치	장사-아치	

제15항 준말이 쓰이고 있더라도, 본말이 널리 쓰이고 있으면 본말을 표준어로 삼는다.(ㄱ을 표준어로 삼고, ㄴ을 버림.)

ㄱ	ㄴ	비 고
경황-없다	경-없다	
궁상-떨다	궁-떨다	
귀이-개	귀-개	
낌새	낌	
낙인-찍다	낙-하다/낙-치다	
내왕-꾼	냉-꾼	
돗-자리	돗	
뒤웅-박	뒝-박	
뒷물-대야	뒷-대야	
마구-잡이	막-잡이	
맵자-하다	맵자다	모양이 제격에 어울리다
모이	모	

ㄱ	ㄴ	비 고
벽–돌	벽	
부스럼	부럼	정월 보름에 쓰는 '부럼'은 표준어임
살얼음–판	살–판	
수두룩–하다	수둑–하다	
암–죽	암	
어음	엄	
일구다	일다	
죽–살이	죽–살	
퇴박–맞다	퇴–맞다	
한통–치다	통–치다	

[**붙임**] 다음과 같이 명사에 조사가 붙은 경우에도 이 원칙을 적용한
다.(ㄱ을 표준어로 삼고, ㄴ을 버림.)

ㄱ	ㄴ	비 고
아래–로	알–로	

제16항 준말과 본말이 다 같이 널리 쓰이면서 준말의 효용이 뚜렷이 인정되는
것은, 두 가지를 다 표준어로 삼는다.(ㄱ은 본말이며, ㄴ은 준말임.)

ㄱ	ㄴ	비 고
거짓–부리	거짓–불	작은말은 '가짓부리, 가짓불'임
노을	놀	저녁~
막대기	막대	
망태기	망태	
머무르다	머물다	모음 어미가 연결될 때에는 준말의 활용형을 인정하지 않음
서두르다	서둘다	
서투르다	서툴다	

ㄱ	ㄴ	비 고
석새–삼베	석새–베	
시–누이	시–뉘/시–누	
오–누이	오–뉘/오–누	
외우다	외다	외우며, 외워:외며, 외어
이기죽–거리다	이죽–거리다	
찌꺼기	찌끼	'찌꺽지'는 비표준어임

제4절 단수 표준어

제17항 비슷한 발음의 몇 형태가 쓰일 경우, 그 의미에 아무런 차이가 없고, 그
중 하나가 더 널리 쓰이면, 그 한 형태만을 표준어로 삼는다.(ㄱ을 표준어
로 삼고, ㄴ을 버림.)

ㄱ	ㄴ	비 고
거든–그리다	거둥–그리다	1. 거든하게 거두어 싸다 2. 작은말은 '가든–그리다'임
구어–박다	구워–박다	사람이 한 군데에서만 지내다
귀–고리	귀엣–고리	
귀–띔	귀–틤	
귀–지	귀에지	
까딱–하면	까땍–하면	
꼭두–각시	꼭둑–각시	
내색	나색	감정이 나타나는 얼굴빛
내숭–스럽다	내흉–스럽다	
냠냠–거리다	얌냠–거리다	냠냠–하다
냠냠–이	얌냠–이	
너[四]	네	~ 돈, ~ 말, ~ 발, ~ 푼
넉[四]	너/네	~ 냥, ~ 되, ~ 섬, ~ 자

ㄱ	ㄴ	비 고
다다르다	다닫다	
댑–싸리	대–싸리	
더부룩–하다	더뿌룩–하다/ 듬뿌룩–하다	
–던	–든	선택, 무관의 뜻을 나타내는 어미는 '–든'임. 가–든(지) 말–든(지), 보–든(가) 말–든(가)
–던가	–든가	
–던걸	–든걸	
–던고	–든고	
–던데	–든데	
–던지	–든지	
–(으)려고	–(으)ㄹ려고/ –(으)ㄹ라고	
–(으)려야	–(으)ㄹ려야/ –(으)ㄹ래야	
망가–뜨리다	망그–뜨리다	
멸치	며루치/메리치	
반빗–아치	반비–아치	'반빗'노릇을 하는 사람. 찬비(饌婢) '반비'는 밥짓는 일을 맡은 계집종
보습	보십/보섭	
본새	뽄새	
봉숭아	봉숭화	'봉선화'도 표준어임
뺨–따귀	뺌–따귀/ 뺨–따구니	'뺨'의 비속어임
뻐개다[斫]	뻐기다	두 조각으로 가르다
뻐기다[誇]	뻐개다	뽐내다
사자–탈	사지–탈	
상–판대기¹	쌍–판대기	

---

1 이 예를 '상판때기'로 적고, '상판때기'로 분석한다고 생각할 수도 있으나, 고시본대로 둔다.

ㄱ	ㄴ	비 고
서[三]	세/석	~ 돈, ~ 말, ~ 발, ~ 푼
석[三]	세	~ 냥, ~ 되, ~ 섬, ~ 자
설령(設令)	서령	
–습니다	–읍니다	먹습니다, 갔습니다, 없습니다, 있습니다, 좋습니다. 모음 뒤에는 '–ㅂ니다'임
시름–시름	시늠–시늠	
씀벅–씀벅	썸벅–썸벅	
아궁이	아궁지	
아내	안해	
어–중간	어지–중간	
오금–팽이	오금–탱이	
오래–오래	도래–도래	돼지 부르는 소리
–올시다	–올습니다	
옹골–차다	공골–차다	
우두커니	우두머니	작은말은 '오도카니'임
잠–투정	잠–투세/잠–주정	
재봉–틀	자봉–틀	발~, 손~
짓–무르다	짓–물다	
짚–북데기	짚–북세기	'짚북더기'도 비표준어임
쪽	짝	편(便). 이~, 그~, 저~. 다만, '아무–짝'은 '짝'임
천장(天障)	천정	'천정부지(天井不知)'는 '천정'임
코–맹맹이	코–맹녕이	
흉–업다	흉–헙다	

제18항 다음 단어는 ㄱ을 원칙으로 하고, ㄴ도 허용한다.

ㄱ	ㄴ	비 고
네	예	
쇠-	소-	-가죽, -고기, -기름, -머리, -뼈
괴다	고이다	물이 ~, 밑을 ~
꾀다	꼬이다	어린애를 ~, 벌레가 ~
쐬다	쏘이다	바람을 ~
죄다	조이다	나사를 ~
쬐다	쪼이다	볕을 ~

제19항 어감의 차이를 나타내는 단어 또는 발음이 비슷한 단어들이 다 같이 널리 쓰이는 경우에는, 그 모두를 표준어로 삼는다.(ㄱ, ㄴ을 모두 표준어로 삼음.)

ㄱ	ㄴ	비 고
거슴츠레-하다	게슴츠레-하다	
고까	꼬까	~신, ~옷
고린-내	코린-내	
교기(驕氣)	갸기	교만한 태도
구린-내	쿠린-내	
꺼림-하다	께름-하다	
나부랭이	너부렁이	

제1절 고 어

제20항 사어(死語)가 되어 쓰이지 않게 된 단어는 고어로 처리하고, 현재 널리 사용되는 단어를 표준어로 삼는다.(ㄱ을 표준어로 삼고, ㄴ을 버림.)

ㄱ	ㄴ	비 고
난봉	봉	
낭떠러지	낭	
설거지–하다	설겆다	
애달프다	애닯다	
오동–나무	머귀–나무	
자두	오얏	

제2절 한자어

제21항 고유어 계열의 단어가 널리 쓰이고 그에 대응되는 한자어 계열의 단어가 용도를 잃게 된 것은, 고유어 계열의 단어만을 표준어로 삼는다.(ㄱ을 표준어로 삼고, ㄴ을 버림.)

ㄱ	ㄴ	비 고
가루–약	말–약	
구들–장	방–돌	
길품–삯	보행–삯	
까막–눈	맹–눈	
꼭지–미역	총각–미역	
나뭇–갓	시장–갓	
늙–다리	노닥다리	
두껍–닫이	두껍–창	

ㄱ	ㄴ	비 고
떡-암죽	병-암죽	
마른-갈이	건-갈이	
마른-빨래	건-빨래	
메-찰떡	반-찰떡	
박달-나무	배달-나무	
밥-소라	식-소라	큰 놋그릇
사래-논	사래-답	묘지기나 마름이 부쳐 먹는 땅
사래-밭	사래-전	
삯-말	삯-마	
성냥	화곽	
솟을-무늬	솟을-문(~紋)	
외-지다	벽-지다	
움-파	동-파	
잎-담배	잎-초	
잔-돈	잔-전	
조-당수	조-당죽	
죽데기	피-죽	'죽더기'도 비표준어임
지겟-다리	목-발	지게 동발의 양쪽 다리
짐-꾼	부지-군(負持-)	
푼-돈	분-전/푼-전	
흰-말	백-말/부루-말	'백마'는 표준어임
흰-죽	백-죽	

제22항 고유어 계열의 단어가 생명력을 잃고 그에 대응되는 한자어 계열의 단어
가 널리 쓰이면, 한자어 계열의 단어를 표준어로 삼는다.(ㄱ을 표준어로 삼
고, ㄴ을 버림.)

ㄱ	ㄴ	비 고
개다리–소반	개다리–밥상	
겸–상	맞–상	
고봉–밥	높은–밥	
단–벌	홑–벌	
마방–집	마바리–집	馬房~
민망–스럽다/ 면구–스럽다	민주–스럽다	
방–고래	구들–고래	
부항–단지	뜸–단지	
산–누에	멧–누에	
산–줄기	멧–줄기/멧–발	
수–삼	무–삼	
심–돋우개	불–돋우개	
양–파	둥근–파	
어질–병	어질–머리	
윤–달	군–달	
장력– 세다	장성–세다	
제석	젯–돗	
총각–무	알–무/알타리–무	
칫–솔	잇–솔	
포수	총–댕이	

제23항 방언이던 단어가 표준어보다 더 널리 쓰이게 된 것은, 그것을 표준어로 삼는다. 이 경우, 원래의 표준어는 그대로 표준어로 남겨 두는 것을 원칙으로 한다.(ㄱ을 표준어로 삼고, ㄴ도 표준어로 남겨 둠.)

ㄱ	ㄴ	비 고
멍게	우렁쉥이	
물-방개	선두리	
애-순	어린-순	

제24항 방언이던 단어가 널리 쓰이게 됨에 따라 표준어이던 단어가 안 쓰이게 된 것은, 방언이던 단어를 표준어로 삼는다.(ㄱ을 표준어로 삼고, ㄴ을 버림.)

ㄱ	ㄴ	비 고
귀밑-머리	귓-머리	
까-뭉개다	까-무느다	
막상	마기	
빈대-떡	빈자-떡	
생인-손	생안-손	준말은 '생-손'임
역-겹다	역-스럽다	
코-주부	코-보	

제25항 의미가 똑같은 형태가 몇 가지 있을 경우, 그 중 어느 하나가 압도적으로 널리 쓰이면, 그 단어만을 표준어로 삼는다.(ㄱ을 표준어로 삼고, ㄴ을 버림.)

ㄱ	ㄴ	비 고
−게끔	−게시리	
겸사−겸사	겸지−겸지/ 겸두−겸두	
고구마	참−감자	
고치다	낫우다	병을 ～
골목−쟁이	골목−자기	
광주리	광우리	
괴통	호구	자루를 박는 부분
국−물	멀−국/말−국	
군−표	군용−어음	
길−잡이	길−앞잡이	'길라잡이'도 표준어임
까다롭다	까닭−스럽다/ 까탈−스럽다	
까치−발	까치−다리	선반 따위를 받치는 물건
꼬창−모	말뚝−모	꼬창이로 구멍을 뚫으면서 심는 모
나룻−배	나루	'나루[津]'는 표준어임
납−도리	민−도리	
농−지거리	기롱−지거리	다른 의미의 '기롱지거리'는 표준어임
다사−스럽다	다사−하다	간섭을 잘 하다
다오	다구	이리 ～
담배−꽁초	담배−꼬투리/담배− 꽁치/담배−꽁추	
담배−설대	대−설대	
대장−일	성냥− 일	
뒤져−내다	뒤어−내다	

ㄱ	ㄴ	비 고
뒤통수-치다	뒤꼭지-치다	
등-나무	등-칡	'등'의 낮은 말
등-때기	등-떠리	
등잔-걸이	등경-걸이	
떡-보	떡-충이	
똑딱-단추	딸꼭-단추	
매-만지다	우미다	
먼-발치	먼-발치기	
며느리-발톱	뒷-발톱	
명주-붙이	주- 사니	
목-메다	목-맺히다	
밀짚-모자	보릿짚-모자	
바가지	열-바가지/열-박	
바람-꼭지	바람-고다리	튜브의 바람을 넣는 구멍에 붙은, 쇠로 만든 꼭지
반-나절	나절-가웃	
반두	독대	그물의 한 가지
버젓-이	뉘연-히	
본-받다	법-받다	
부각	다시마-자반	
부끄러워-하다	부끄리다	
부스러기	부스럭지	
부지깽이	부지팽이	
부항-단지	부항-항아리	부스럼에서 피고름을 빨아 내기 위하여 부항을 붙이는 데 쓰는, 자그마한 단지
붉으락-푸르락	푸르락-붉으락	
비켜-덩이	옆-사리미	김맬 때에 흙덩이를 옆으로 빼내는 일, 또는 그 흙덩이

ㄱ	ㄴ	비 고
빙충–이	빙충–맞이	작은말은 '뱅충이'
빠–뜨리다	빠–치다	'빠트리다'도 표준어임
뻣뻣–하다	왜긋다	
뽐–내다	느물다	
사로–잠그다	사로–채우다	자물쇠나 빗장 따위를 반 정도만 걸어 놓다
살–풀이	살–막이	
상투–쟁이	상투–꼬부랑이	상투 튼 이를 놀리는 말
새앙–손이	생강–손이	
샛–별	새벽–별	
선–머슴	풋–머슴	
섭섭–하다	애운–하다	
속–말	속–소리	국악 용어 '속소리'는 표준어임
손목–시계	팔목–계/ 팔뚝–시계	
손–수레	손–구루마	'구루마'는 일본어임
쇠–고랑	고랑–쇠	
수도–꼭지	수도–고동	
숙성–하다	숙–지다	
순대	골집	
술–고래	술–꾸러기/술–부 대/술–보/술–푸대	
식은–땀	찬–땀	
신기–롭다	신기–스럽다	'신기하다'도 표준어임
쌍동–밤	쪽–밤	
쏜살–같이	쏜살–로	
아주	영판	
안–걸이	안–낚시	씨름 용어
안다미–씌우다	안다미–시키다	제가 담당할 책임을 남에게 넘기

ㄱ	ㄴ	비 고
안쓰럽다	안-슬프다	
안절부절-못하다	안절부절-하다	
앉은뱅이-저울	앉은-저울	
알-사탕	구슬-사탕	
암-내	곁땀-내	
앞-지르다	따라-먹다	
애-벌레	어린-벌레	
얕은-꾀	물탄-꾀	
언뜻	펀뜻	
언제나	노다지	
얼룩-말	워라-말	
-에는	-엘랑	
열심-히	열심-로	
입-담	말-담	
자배기	너벅지	
전봇-대	전선-대	
주책-없다	주책-이다	'주착→주책'은 제11항 참조
쥐락-펴락	펴락-쥐락	
-지만	-지만서도	← -지마는
짓고-땡	지어-땡/짓고-땡이	
짧은-작	짜른-작	
찹-쌀	이-찹쌀	
청대-콩	푸른-콩	
칡-범	갈-범	

제26항 한 가지 의미를 나타내는 형태 몇 가지가 널리 쓰이며 표준어 규정에 맞
으면, 그 모두를 표준어로 삼는다.

복 수 표 준 어	비 고
가는-허리/잔-허리	
가락-엿/가래-엿	
가뭄/가물	
가엾다/가엽다	가엾어/가여워, 가엾은/가여운
감감-무소식/감감-소식	
개수-통/설거지-통	
개숫-물/설거지-물	'설겆다'는 '설거지하다'로
갱-엿/검은-엿	
-거리다/-대다	
거위-배/횟-배	가물, 출렁-
것/해	내 ∼, 네 ∼, 뉘 ∼
게을러-빠지다/게을러-터지다	
고깃-간/푸줏-간	'고깃-관, 푸줏-관, 다림-방'은 비표준어임
곰곰/곰곰-이	
관계-없다/상관-없다	
교정-보다/준 -보다	
구들-재/구재	
귀퉁-머리/귀퉁-배기	'귀퉁이'의 비어임
극성-떨다/극성-부리다	
기세-부리다/기세-피우다	
기승-떨다/기승-부리다	
깃-저고리/배내-옷/배냇-저고리	
꼬까/때때/고까	∼신, ∼옷
꼬리-별/살-별	

복 수 표 준 어	비 고
꽃-도미/붉-돔	
나귀/당-나귀	
날-걸/세-뿔	윷판의 쨀밭 다음의 셋째 밭
내리-글씨/세로-글씨	
넝쿨/덩굴	'덩쿨'은 비표준어임
녘/쪽	동~, 서~
눈-대중/눈-어림/눈-짐작	
느리-광이/느림-보/늘-보	
늦-모/마냥-모	←만이앙-모
다기-지다/다기-차다	
다달-이/매-달	
-다마다/-고말고	
다박-나룻/다박-수염	
닭의-장/닭-장	
댓-돌/툇-돌	
덧-창/겉-창	
독장-치다/독판-치다	
동자-기둥/쪼구미	
돼지-감자/뚱딴지	
되우/된통/되게	
두동-무니/두동-사니	윷놀이에서, 두 동이 한데 어울려 가는 말
뒷-갈망/뒷-감당	
뒷-말/뒷-소리	
들락-거리다/들랑-거리다	
들락-날락/들랑-날랑	
딴-전/딴-청	
땅-콩/호-콩	
땔-감/땔-거리	

복 수 표 준 어	비 고
-뜨리다/-트리다	깨-, 떨어-, 쏟-
뜬-것/뜬-귀신	
마룻-줄/용총-줄	돛대에 매어 놓은 줄. '이어줄'은 비표준어임
마-파람/앞-바람	
만장-판/만장-중(滿場中)	
만큼/만치	
말-동무/말-벗	
매-갈이/매-조미	
매-통/목-매	
먹-새/먹음-새	'먹음-먹이'는 비표준어임
멀찌감치/멀찌가니/멀찍이	
멱통/산-멱/산-멱통	
면-치레/외면-치레	
모-내다/모-심다	모-내기, 모-심기
모쪼록/아무쪼록	
목판-되/모-되	
목화-씨/면화-씨	
무심-결/무심-중	
물-봉숭아/물-봉선화	
물-부리/빨-부리	
물-심부름/물-시중	
물추리-나무/물추리-막대	
물-타작/진-타작	
민둥-산/벌거숭이-산	
밑-층/아래-층	
바깥-벽/밭-벽	
바른/오른[右]	~손, ~쪽, ~편

복 수 표 준 어	비 고
발-모가지/발-목쟁이	'발목'의 비속어임
버들-강아지/버들-개지	
벌레/버러지	'벌거지, 벌러지'는 비표준어임
변덕-스럽다/변덕-맞다	
보-조개/볼-우물	
보통-내기/여간-내기/예사-내기	'행-내기'는 비표준어임
볼-따구니/볼-퉁이/볼-때기	'볼'의 비속어임
부침개-질/부침-질/지짐-질	'부치개-질'은 비표준어임
불똥-앉다/등화-지다/등화-앉다	
불-사르다/사르다	
비발/비용(費用)	
뾰두라지/뾰루지	
살-쾡이/삵	삵-피
삽살-개/삽사리	
상두-꾼/상여-꾼	'상도-꾼, 향도-꾼' 은 비표준어임
상-씨름/소-걸이	
생/새앙/생강	
생-뿔/새앙-뿔/생강-뿔	'쇠뿔'의 형용
생-철/양-철	1. '서양철'은 비표준어임. 2. '生鐵'은 '무쇠'임
서럽다/섧다	'설다'는 비표준어임
서방-질/화냥-질	
성글다/성기다	
-(으)세요/-(으)셔요	
송이/송이-버섯	
수수-깡/수숫-대	
술-안주/안주	
-스레하다/-스름하다	거무-, 발그-

복 수 표 준 어	비 고
시늉-말/흉내-말	
시새/세사(細沙)	
신/신발	
신주-보/독보(櫝褓)	
심술-꾸러기/심술-쟁이	
씁쓰레-하다/씁쓰름-하다	
아귀-세다/아귀-차다	
아래-위/위-아래	
아무튼/어떻든/어쨌든/하여튼/여하튼	
앉음-새/앉음-앉음	
알은-척/알은-체	
애-갈이/애벌-갈이	
애꾸눈-이/외눈-박이	'외대-박이, 외눈-퉁이'는 비표준어임
양념-감/양념-거리	
어금버금-하다/어금지금-하다	
어기여차/어여차	
어림-잡다/어림-치다	
어이-없다/어처구니-없다	
어저께/어제	
언덕-바지/언덕-배기	
얼렁-뚱땅/엄벙-뗑	
여왕-벌/장수-벌	
여쭈다/여쭙다	
여태/입때	'여직'은 비표준어임
여태-껏/이제-껏/입때-껏	'여직-껏'은 비표준어임
역성-들다/역성-하다	'편역-들다'는 비표준어임
연-달다/잇-달다	
엿-가락/엿-가래	

복 수 표 준 어	비 고
엿-기름/엿-길금	
엿-반대기/엿-자박	
오사리-잡놈/오색-잡놈	'오합-잡놈'은 비표준어임
옥수수/강냉이	～떡, ～묵, ～밥, ～튀김
왕골-기직/왕골-자리	
외겹-실/외올-실/홑-실	'홑겹-실, 올-실'은 비표준어임
외손-잡이/한손-잡이	
욕심-꾸러기/욕심-쟁이	
우레/천둥	우렛-소리, 천둥-소리
우지/울-보	
을러-대다/을러-메다	
의심-스럽다/의심-쩍다	
-이에요/-이어요	
이틀-거리/당-고금	학질의 일종임
일일-이/하나-하나	
일찌감치/일찌거니	
입찬-말/입찬-소리	
자리-옷/잠-옷	
자물-쇠/자물-통	
장가-가다/장가-들다	'서방-가다'는 비표준어임
재롱-떨다/재롱-부리다	
제-가끔/제-각기	
좀-처럼/좀-체	'좀-체로, 좀-해선, 좀-해'는 비표준어임
줄-꾼/줄-잡이	
중신/중매	
짚-단/짚-뭇	
쪽/편	오른～, 왼～
차차/차츰	

복수 표준어	비고
책-씻이/책-거리	
척/체	모르는 ~, 잘난 ~
천연덕-스럽다/천연-스럽다	
철-따구니/철-딱서니/철-딱지	'철-때기'는 비표준어임
추어-올리다/추어-주다	'추켜-올리다'는 비표준어임
축-가다/축-나다	
침-놓다/침-주다	
통-꼭지/통-젖	통에 붙은 손잡이
파자-쟁이/해자-쟁이	점치는 이
편지-투/편지-틀	
한턱-내다/한턱-하다	
해웃-값/해웃-돈	'해우-차'는 비표준어임
혼자-되다/홀로-되다	
흠-가다/흠-나다/흠-지다	

제2부 표준 발음법

제1장 총 칙

제1항   표준 발음법은 표준어의 실제 발음을 따르되, 국어의 전통성과 합리성
을 고려하여 정함을 원칙으로 한다.

제2장 자음과 모음

제2항   표준어의 자음은 다음 19개로 한다.

ㄱ	ㄲ	ㄴ	ㄷ	ㄸ	ㄹ
ㅁ	ㅂ	ㅃ	ㅅ	ㅆ	ㅇ
ㅈ	ㅉ	ㅊ	ㅋ	ㅌ	ㅍ
ㅎ					

제3항   표준어의 모음은 다음 21개로 한다.

ㅏ	ㅐ	ㅑ	ㅒ	ㅓ	ㅔ
ㅕ	ㅖ	ㅗ	ㅘ	ㅙ	ㅚ
ㅛ	ㅜ	ㅝ	ㅞ	ㅟ	ㅠ
ㅡ	ㅢ	ㅣ			

제4항   'ㅏ ㅐ ㅓ ㅔ ㅗ ㅚ ㅜ ㅟ ㅡ ㅣ'는 단모음(單母音)으로 발음한다.

[붙임] 'ㅚ, ㅟ'는 이중 모음으로 발음할 수 있다.

제5항 'ㅑ ㅒ ㅕ ㅖ ㅘ ㅙ ㅛ ㅝ ㅞ ㅠ ㅢ'는 이중 모음으로 발음한다.

다만 1. 용언의 활용형에 나타나는 '져, 쪄, 쳐'는 [저, 쩌, 처]로 발음한다.

가지어→가져[가저] 찌어→쪄[쩌] 다치어→다쳐[다처]

다만 2. '예, 례' 이외의 'ㅖ'는 [ㅔ]로도 발음한다.

계집[계: 집/게: 집] 계시다[계: 시다/게: 시다]

시계[시계/시게](時計) 연계[연계/연게](連繫)

메별[메별/메별](袂別) 개폐[개폐/개페](開閉)

혜택[혜: 택/헤: 택](惠澤) 지혜[지혜/지헤](智慧)

다만 3. 자음을 첫소리로 가지고 있는 음절의 'ㅢ'는 [ㅣ]로 발음한다.

늴리리 큼 무늬 띄어쓰기 씌어

틔어 희어 희떱다 희망 유희

다만 4. 단어의 첫음절 이외의 '의'는 [ㅣ]로, 조사 '의'는 [ㅔ]로 발음함도 허용한다.

주의[주의/주이] 협의[혀븨/혀비]

우리의[우리의/우리에] 강의의[강: 의의/강: 이에]

제3장 음의 길이

제6항 모음의 장단을 구별하여 발음하되, 단어의 첫음절에서만 긴소리가 나타나는 것을 원칙으로 한다.

(1)

눈보라[눈: 보라]   말씨[말: 씨]   밤나무[밤: 나무] 많다[만: 타]

멀리[멀: 리]   벌리다[벌: 리다]

(2)

첫눈[천눈   참말[참말]   쌍동밤[쌍동밤]

수많이[수: 마니]   눈멀다[눈멀다]   떠벌리다[떠벌리다]

다만, 합성어의 경우에는 둘째 음절 이하에서도 분명한 긴소리를 인정한다.

반신반의[반: 신 바: 늬/반: 신 바: 니]

재삼재사[재: 삼 재: 사]

[붙임] 용언의 단음절 어간에 어미 '-아/-어'가 결합되어 한 음절로 축약되는 경우에도 긴소리로 발음한다.

보아 → 봐[봐:] 기어 → 겨[겨:]   되어 → 돼[돼:]

두어 → 둬[둬:]   하여 → 해[해:]

다만, '오아 → 와, 지어 → 져, 찌어 → 쪄, 치어 → 쳐' 등은 긴소리로 발음하지 않는다.

제7항   긴소리를 가진 음절이라도, 다음과 같은 경우에는 짧게 발음한다.

1. 단음절인 용언 어간에 모음으로 시작된 어미가 결합되는 경우

감다[감: 따] – 감으니[가므니]   밟다[밥: 따] – 밟으면[발브면]

신다[신: 따] – 신어[시너]   알다[알: 다] – 알아[아라]

다만, 다음과 같은 경우에는 예외적이다.

끌다[끌: 다] – 끌어[끄: 러]　　　떫다[떨: 따] – 떫은[떨: 븐]

벌다[벌: 다] – 벌어[버: 러]　　　썰다[썰: 다] – 썰어[써: 러]

없다[업: 따] – 없으니[업: 쓰니]

2. 용언 어간에 피동, 사동의 접미사가 결합되는 경우

감다[감: 따] – 감기다[감기다]　　꼬다[꼬: 다] – 꼬이다[꼬이다]

밟다[밥: 따] – 밟히다[발피다]

다만, 다음과 같은 경우에는 예외적이다.

끌리다[끌: 리다] 벌리다[벌: 리다] 없애다[업: 쌔다]

[붙임] 다음과 같은 복합어[2]에서는 본디의 길이에 관계없이 짧게 발음한다.

밀-물　　　　　썰-물　　　　　쏜-살-같이[3]　　작은-아버지

제4장 받침의 발음

제8항　　받침소리로는 'ㄱ, ㄴ, ㄷ, ㄹ, ㅁ, ㅂ, ㅇ'의 7개 자음만 발음한다.

제9항　　받침 'ㄲ, ㅋ', 'ㅅ, ㅆ, ㅈ, ㅊ, ㅌ', 'ㅍ'은 어말 또는 자음 앞에서 각각 대표
　　　　음 [ㄱ, ㄷ, ㅂ]으로 발음한다.

닦다[닥따]　　　키읔[키윽]　　　키읔과[키윽꽈]　옷[옫]

---

2 학교 문법 용어에 따른다면 이 '복합어'는 '합성어'가 된다.

3 이를 '쏜살같-이'로 분석한다고 생각할 수 있으나, 고시본대로 둔다.

웃다[욷: 따]　　　있다[읻따]　　　젖[젇]　　　빚다[빋따]

꽃[꼳]　　　　쫓다[쫃따]　　　솥[솓]　　　뱉다[밷: 따])

앞[압]　　　　덮다[덥따]

제10항　겹받침 'ㄳ', 'ㄵ', 'ㄼ, ㄽ, ㄾ', 'ㅄ'은 어말 또는 자음 앞에서 각각 [ㄱ, ㄴ, ㄹ, ㅂ]으로 발음한다.

넋[넉]　　　　넋과[넉꽈]　　　앉다[안따]　　　여덟[여덜]

넓다[널따]　　　외곬[외골]　　　핥다[할따]　　　값[갑] 없다[업: 따]

다만, '밟-'은 자음 앞에서 [밥]으로 발음하고, '넓-'은 다음과 같은 경우에 [넙]으로 발음한다.

(1)

밟다[밥: 따]　　　　밟소[밥: 쏘]　　　　밟지[밥: 찌]

밟는[밥: 는→밤: 는]　밟게[밥: 께]　　　밟고[밥: 꼬]

(2)

넓-죽하다[넙쭈카다]　　　　　넓-둥글다[넙뚱글다]

제11항　겹받침 'ㄺ, ㄻ, ㄿ'은 어말 또는 자음 앞에서 각각 [ㄱ, ㅁ, ㅂ]으로 발음한다.

닭[닥] 흙과[흑꽈]　　　맑다[막따]　　　늙지[늑찌] 삶[삼:]

젊다[점: 따]　　　　읊고[읍꼬]　　　읊다[읍따]

다만, 용언의 어간 말음 'ㄺ'은 'ㄱ' 앞에서 [ㄹ]로 발음한다.

맑게[말께]　　　　묽고[물꼬]　　　얽거나[얼꺼나]

제12항　받침 ‘ㅎ’의 발음은 다음과 같다.

　　1. ‘ㅎ(ㄶ, ㅀ)’ 뒤에 ‘ㄱ, ㄷ, ㅈ’이 결합되는 경우에는, 뒤 음절 첫소리와 합쳐

　　　서 [ㅋ, ㅌ, ㅊ]으로 발음한다.

　　　놓고[노코]　　　좋던[조: 턴]　　　쌓지[싸치]　　　많고[만: 코]

　　　않던[안턴]　　　닳지[달치]

　　[붙임 1] 받침 ‘ㄱ(ㄺ), ㄷ, ㅂ(ㄼ), ㅈ(ㄵ)’이 뒤 음절 첫소리 ‘ㅎ’과 결합되는

　　경우에도, 역시 두 음을 합쳐서 [ㅋ, ㅌ, ㅍ, ㅊ]으로 발음한다.

　　　각하[가카]　　　　먹히다[머키다]　　　밝히다[발키다]

　　　맏형[마텅]　　　　좁히다[조피다]　　　넓히다[널피다]

　　　꽂히다[꼬치다]　　　앉히다[안치다]

　　[붙임 2] 규정에 따라 ‘ㄷ’으로 발음되는 ‘ㅅ, ㅈ, ㅊ, ㅌ’의 경우에도 이에

　　준한다.

　　　옷 한 벌[오탄벌]　　　낮 한때[나탄때]　　　꽃 한 송이[꼬탄송이]

　　　숱하다[수타다]

　　2. ‘ㅎ(ㄶ, ㅀ)’ 뒤에 ‘ㅅ’이 결합되는 경우에는, ‘ㅅ’을 [ㅆ]으로 발음한다.

　　　닿소[다쏘]　　　　많소[만: 쏘]　　　　싫소[실쏘]

　　3. ‘ㅎ’ 뒤에 ‘ㄴ’이 결합되는 경우에는, [ㄴ]으로 발음한다.

　　　놓는[논는]　　　　　　　　　　　　쌓네[싼네]

　　[붙임] ‘ㄶ, ㅀ’ 뒤에 ‘ㄴ’이 결합되는 경우에는, ‘ㅎ’을 발음하지 않는다.

　　　않네[안네]　　　않는[안는]　　　뚫네[뚤네→뚤레]　　뚫는[뚤는→뚤른]

* '뚫네[뚤네→뚤레], 뚫는[뚤는→뚤른]'에 대해서는 제20항 참조.

4. 'ㅎ(ㄶ, ㅀ)' 뒤에 모음으로 시작된 어미나 접미사가 결합되는 경우에는, 'ㅎ'을 발음하지 않는다.

    낳은[나은]   놓아[노아]   쌓이다[싸이다]   많아[마: 나]

    않은[아는]   닳아[다라]   싫어도[시러도]

제13항 홑받침이나 쌍받침이 모음으로 시작된 조사나 어미, 접미사와 결합되는 경우에는, 제 음가대로 뒤 음절 첫소리로 옮겨 발음한다.

    깎아[까까]   옷이[오시]   있어[이써]   낮이[나지]

    꽂아[꼬자]   꽃을[꼬츨]   쫓아[쪼차]   밭에[바테]

    앞으로[아프로] 덮이다[더피다]

제14항 겹받침이 모음으로 시작된 조사나 어미, 접미사와 결합되는 경우에는, 뒤엣것만을 뒤 음절 첫소리로 옮겨 발음한다.(이 경우, 'ㅅ'은 된소리로 발음함.)

    넋이[넉씨]   앉아[안자]   닭을[달글]   젊어[절머]

    곬이[골씨]   핥아[할타]   읊어[을퍼]   값을[갑쓸]

    없어[업: 써]

제15항 받침 뒤에 모음 'ㅏ, ㅓ, ㅗ, ㅜ, ㅟ'들로 시작되는 실질 형태소가 연결되는 경우에는, 대표음으로 바꾸어서 뒤 음절 첫소리로 옮겨 발음한다.

    밭 아래[바다래]   늪 앞[느밥]   젖어미[저더미]

    맛없다[마덥따]   겉옷[거돋]   헛웃음[허두슴]

    꽃 위[꼬뒤]

다만, '맛있다, 멋있다'는 [마싣따], [머싣따]로도 발음할 수 있다.

[붙임] 겹받침의 경우에는, 그 중 하나만을 옮겨 발음한다.
넋없다[너겁따]   닭 앞에[다가페]   값어치[가버치]   값있는[가빈는]

제16항   한글 자모의 이름은 그 받침소리를 연음하되, 'ㄷ, ㅈ, ㅊ, ㅋ, ㅌ, ㅍ, ㅎ'
의 경우에는 특별히 다음과 같이 발음한다.

디귿이[디그시]	디귿을[디그슬]	디귿에[디그세]
지읒이[지으시]	지읒을[지으슬]	지읒에[지으세]
치읓이[치으시]	치읓을[치으슬]	치읓에[치으세]
키읔이[키으기]	키읔을[키으글]	키읔에[키으게]
티읕이[티으시]	티읕을[티으슬]	티읕에[티으세]
피읖이[피으비]	피읖을[피으블]	피읖에[피으베]
히읗이[히으시]	히읗을[히으슬]	히읗에[히으세]

제5장 음의 동화

제17항   받침 'ㄷ, ㅌ(ㄾ)'이 조사나 접미사의 모음 'ㅣ'와 결합되는 경우에는, [ㅈ,
ㅊ]으로 바꾸어서 뒤 음절 첫소리로 옮겨 발음한다.

곧이듣다[고지듣따]	굳이[구지]	미닫이[미다지]
땀받이[땀바지]	밭이[바치]	벼훑이[벼훌치]

[붙임] 'ㄷ' 뒤에 접미사 '히'가 결합되어 '티'를 이루는 것은 [치]로 발음한다.
굳히다[구치다]   닫히다[다치다]   묻히다[무치다]

제18항   받침 'ㄱ(ㄲ, ㅋ, ㄳ, ㄺ), ㄷ(ㅅ, ㅆ, ㅈ, ㅊ, ㅌ, ㅎ), ㅂ(ㅍ, ㄼ, ㄿ, ㅄ)'은 'ㄴ, ㅁ'
앞에서 [ㅇ, ㄴ, ㅁ]으로 발음한다.

먹는[멍는]	국물[궁물]	깎는[깡는]	키읔만[키응만]
몫몫이[몽목씨]	긁는[긍는]	흙만[흥만]	닫는[단는]
짓는[진ː는]	옷맵시[온맵씨]	있는[인는]	맞는[만는]
젖멍울[전멍울]	쫓는[쫀는]	꽃망울[꼰망울]	붙는[분는]
놓는[논는]	잡는[잠는]	밥물[밤물]	앞마당[암마당]
밟는[밤ː는]	읊는[음는]	없는[엄ː는]	값매다[감매다]

[붙임] 두 단어를 이어서 한 마디로 발음하는 경우에도 이와 같다.

책 넣는다[챙년는다]   흙 말리다[흥말리다]   옷 맞추다[온마추다]

밥 먹는다[밤멍는다]   값 매기다[감매기다]

제19항   받침 'ㅁ, ㅇ' 뒤에 연결되는 'ㄹ'은 [ㄴ]으로 발음한다.[4]

담력[담ː녁]   침략[침냑]   강릉[강능]   항로[항ː노]

대통령[대ː통녕]

[붙임] 받침 'ㄱ, ㅂ' 뒤에 연결되는 'ㄹ'도 [ㄴ]으로 발음한다.

막론[막논→망논]   백리[백니→뱅니]   협력[협녁→혐녁]

십리[십니→심니]

---

4 예시어 중 '백리', '십리'를 '백 리', '십 리'처럼 띄어 쓸 수 있겠으나, 현용 사전에서 이들을 하나의 단어로
처리한 것도 있으므로, 고시본대로 두기로 한다.

제20항 'ㄴ'은 'ㄹ'의 앞이나 뒤에서 [ㄹ]로 발음한다.

(1)

난로[날: 로] 신라[실라] 천리[철리] 광한루[광: 할루]
대관령[대: 괄령]

(2)

칼날[칼랄] 물난리[물랄리] 줄넘기[줄럼끼] 할는지[할른지]

[붙임] 첫소리 'ㄴ'이 'ㅀ', 'ㄾ' 뒤에 연결되는 경우에도 이에 준한다.

닳는[달른] 뚫는[뚤른] 핥네[할레]

다만, 다음과 같은 단어들은 'ㄹ'을 [ㄴ]으로 발음한다.

의견란[의: 견난] 임진란[임: 진난] 생산량[생산냥]
결단력[결딴녁] 공권력[공꿘녁] 동원령[동: 원녕]
상견례[상견녜] 횡단로[횡단노] 이원론[이: 원논]
입원료[이뭔뇨] 구근류[구근뉴]

제21항 위에서 지적한 이외의 자음 동화는 인정하지 않는다.

감기[감: 기](×[강: 기]) 옷감[옫깜](×[옥깜])
있고[읻꼬](×[익꼬]) 꽃길[꼳낄](×[꼭낄])
젖먹이[전머기](×[점머기]) 문법[문뻡](×[뭄뻡])
꽃밭[꼳빧](×[꼽빧])

제22항 다음과 같은 용언의 어미는 [어]로 발음함을 원칙으로 하되, [여]로 발음함도 허용한다.

되어[되어/되여] 피어[피어/피여]

[붙임] '이오, 아니오'도 이에 준하여 [이요, 아니요]로 발음함을 허용한다.

제6장 경음화

제23항 받침 'ㄱ(ㄲ, ㅋ, ㄳ, ㄺ), ㄷ(ㅅ, ㅆ, ㅈ, ㅊ, ㅌ), ㅂ(ㅍ, ㄼ, ㄿ, ㅄ)' 뒤에 연결되는 'ㄱ, ㄷ, ㅂ, ㅅ, ㅈ'은 된소리로 발음한다.

국밥[국빱]	깎다[깍따]	넋받이[넉빠지]	삯돈[삭똔]
닭장[닥짱]	칡범[칙뻠]	뻗대다[뻗때다]	옷고름[옫꼬름]
있던[읻떤]	꽂고[꼳꼬]	꽃다발[꼳따발]	낯설다[낟썰다]
밭갈이[받까리]	솥전[솓쩐]	곱돌[곱똘]	덮개[덥깨]
옆집[엽찝]	넓죽하다[넙쭈카다]		읊조리다[읍쪼리다]
값지다[갑찌다]			

제24항 어간 받침 'ㄴ(ㄵ), ㅁ(ㄻ)' 뒤에 결합되는 어미의 첫소리 'ㄱ, ㄷ, ㅅ, ㅈ'은 된소리로 발음한다.

신고[신: 꼬]	껴안다[껴안따]	앉고[안꼬]	얹다[언따]
삼고[삼: 꼬]	더듬지[더듬찌]	닮고[담: 꼬]	젊지[점: 찌]

다만, 피동, 사동의 접미사 '-기-'는 된소리로 발음하지 않는다.

안기다	감기다	굶기다	옮기다

제25항 어간 받침 'ㄼ, ㄾ' 뒤에 결합되는 어미의 첫소리 'ㄱ, ㄷ, ㅅ, ㅈ'은 된소리로 발음한다.

넓게[널게]	핥다[할따]	훑소[훌쏘]	떫지[떨: 찌]

제26항　한자어에서, 'ㄹ' 받침 뒤에 연결되는 'ㄷ, ㅅ, ㅈ'은 된소리로 발음한다.

갈등[갈뜽]　　　발동[발똥]　　　절도[절또]　　　말살[말쌀]

불소[불쏘](弗素) 일시[일씨]　　　갈증[갈쯩]　　　물질[물찔]

발전[발쩐]　　　몰상식[몰쌍식]　불세출[불쎄출]

다만, 같은 한자가 겹쳐진 단어의 경우에는 된소리로 발음하지 않는다.

허허실실[허허실실](虛虛實實)　　　절절-하다[절절하다](切切-)

제27항　관형사형 '-(으)ㄹ' 뒤에 연결되는 'ㄱ, ㄷ, ㅂ, ㅅ, ㅈ'은 된소리로 발음한다.

할 것을[할꺼슬]　　갈 데가[갈떼가]　　할 바를[할빠를]

할 수는[할쑤는]　　할 적에[할쩌게]　　갈 곳[갈꼳]

할 도리[할또리]　　만날 사람[만날싸람]

다만, 끊어서 말할 적에는 예사소리로 발음한다.

[붙임] '-(으)ㄹ'로 시작되는 어미의 경우에도 이에 준한다.

할걸[할껄]　　　　할밖에[할빠께]　　할세라[할쎄라]

할수록[할쑤록]　　할지라도[할찌라도]　할지언정[할찌언정]

할진대[할찐대]

제28항　표기상으로는 사이시옷이 없더라도, 관형격 기능을 지니는 사이시옷이

있어야 할(휴지가 성립되는) 합성어의 경우에는, 뒤 단어의 첫소리 'ㄱ, ㄷ,

ㅂ, ㅅ, ㅈ'을 된소리로 발음한다.

문-고리[문꼬리]　　눈-동자[눈똥자]　　신-바람[신빠람]

산-새[산쌔]　　　　손-재주[손째주]　　길-가[길까]

물-동이[물똥이]　　발-바닥[발빠닥]　　굴-속[굴: 쏙]

술-잔[술짠]　　　바람-결[바람껼]　　그믐-달[그믐딸]

아침-밥[아침빱]　　잠-자리[잠짜리]　　강-가[강까]

초승-달[초승딸]　　등-불[등뿔]　　　창-살[창쌀]

강-줄기[강쭐기]

제7장 음의 첨가

제29항　합성어 및 파생어에서, 앞 단어나 접두사의 끝이 자음이고 뒤 단어나 접미사의 첫음절이 '이, 야, 여, 요, 유'인 경우에는, 'ㄴ' 음을 첨가하여 [니, 냐, 녀, 뇨, 뉴]로 발음한다.

솜-이불[솜: 니불]　　홑-이불[혼니불]　　막-일[망닐]

삯-일[상닐]　　　맨-입[맨닙]　　　꽃-잎[꼰닙]

내복-약[내: 봉냑]　　한-여름[한녀름]　　남존-여비[남존녀비]

신-여성[신녀성]　　색-연필[생년필]　　직행-열차[지캥녈차]

늑막-염[능망념]　　콩-엿[콩녇]　　　담-요[담: 뇨]

눈-요기[눈뇨기]　　영업-용[영엄농]　　식용-유[시콩뉴]

국민-윤리[궁민뉼리]　밤-윷[밤: 뉻]

다만, 다음과 같은 말들은 'ㄴ' 음을 첨가하여 발음하되, 표기대로 발음할 수 있다.

이죽-이죽[이중니죽/이주기죽]　　야금-야금[야금냐금/야그먀금]

검열[검: 녈/거: 멸]　　　　　　율랑-율랑[율랑눌랑/율랑율랑]

금융[금늉/그뮹]

[붙임 1] '리' 받침 뒤에 첨가되는 'ㄴ' 음은 [ㄹ]로 발음한다.

들-일[들: 릴]	솔-잎[솔립]	설-익다[설릭따]
물-약[물략]	불-여우[불려우]	서울-역[서울력]
물-엿[물렫]	휘발-유[휘발류]	유들-유들[유들류들]

[붙임 2] 두 단어를 이어서 한 마디로 발음하는 경우에도 이에 준한다.[5]

한 일[한닐]	옷 입다[온닙따]	서른여섯[서른녀섣]
3 연대[삼년대]	먹은 엿[머근녇]	할 일[할릴]
잘 입다[잘립따]	스물여섯[스물려섣]	1 연대[일련대]
먹을 엿[머글렫]		

다만, 다음과 같은 단어에서는 'ㄴ(ㄹ)' 음을 첨가하여 발음하지 않는다.

6·25[유기오]	3·1절[사밀쩔]	송별-연[송: 벼련]
등-용문[등용문][6]		

제30항 사이시옷이 붙은 단어는 다음과 같이 발음한다.

1. 'ㄱ, ㄷ, ㅂ, ㅅ, ㅈ'으로 시작하는 단어 앞에 사이시옷이 올 때는 이들 자음만을 된소리로 발음하는 것을 원칙으로 하되, 사이시옷을 [ㄷ]으로 발음하는 것도 허용한다.

냇가[내: 까/낻: 까]	샛길[새: 낄/샏: 낄]	빨랫돌[빨래똘/빨랟똘]
콧등[코뜽/콛뜽]	깃발[기빨/긷빨]	대팻밥[대: 패빱/대: 팯빱]
햇살[해쌀/핻쌀]	뱃속[배쏙/밷쏙]	뱃전[배쩐/밷쩐]
고갯짓[고개찓/고갠찓]		

2. 사이시옷 뒤에 'ㄴ, ㅁ'이 결합되는 경우에는 [ㄴ]으로 발음한다.

    콧날[콛날→콘날]   아랫니[아랟니→아랜니]

    툇마루[퇻: 마루→퇸: 마루]   뱃머리[뱓머리→밴머리]

3. 사이시옷 뒤에 '이' 음이 결합되는 경우에는 [ㄴㄴ]으로 발음한다.

    베갯잇[베갣닏→베갠닏]   깻잎[깯닙→깬닙]

    나뭇잎[나묻닙→나문닙]   도리깻열[도리깯녈→도리깬녈]

    뒷윷[뒫: 뉻→뒨: 뉻]

---

5 예시어 중 '서른여섯[서른녀섣]', '스물여섯[스물려섣]'을 한 단어로 보느냐 두 단어로 보느냐에 대하여 논란의 여지가 있으나, 여기에서는 고시본에서 제시한 대로 두기로 한다.

6 고시본에서 '등용-문[등용문]'으로 보인 것을 위와 같이 바로잡았다.

글쓰기의 전략과 활용

1판 1쇄 **인쇄** 2010년 02월 01일
1판 1쇄 **발행** 2010년 02월 10일

지은이 간호배
펴낸이 서채윤

펴낸곳 채륜
표지·본문디자인 Design窓 (66605700@hanmail.net)

등록 2007년 6월 25일(제25100-2007-000025호)
주소 서울 광진구 군자동 229
대표전화 02-6080-8778 | **팩스** 02-6080-0707
E-mail chaeryunbook@naver.com

책값은 뒤표지에 있습니다.
ISBN 978-89-93799-12-5 03800